MARCOS REY

QUEM MANDA
JÁ MORREU

MARCOS REY

QUEM MANDA
JÁ MORREU

Ilustrações Soud

São Paulo
2022

© Jefferson L. Alves e Richard A. Alves, 2022
5ª Edição, Editora Ática, 2014
6ª Edição, Global Editora, São Paulo 2022

Jefferson L. Alves – diretor editorial
Flávio Samuel – gerente de produção
Tatiana Costa – coordenadora editorial
**Thalita M. Pieroni, Bruna Tinti
e Amanda Meneguete** – revisão
Soud – ilustrações e capa
Eduardo Okuno – projeto gráfico
Valmir S. Santos e Bruna Casaroti – diagramação
Danilo David – arte-final

Dados Internacionais de Catalogação na Publicação (CIP)
(Câmara Brasileira do Livro, SP, Brasil)

Rey, Marcos, 1925-1999
    Quem manda já morreu / Marcos Rey ; ilustrações de Soud. –
6. ed. – São Paulo, SP : Global Editora, 2022.

    ISBN 978-65-5612-316-5

    1. Literatura infantojuvenil I. Soud. II. Título.

22-111914   CDD-028.5

Índices para catálogo sistemático:
1. Literatura infantil   028.5
2. Literatura infantojuvenil   028.5

Eliete Marques da Silva - Bibliotecária - CRB-8/9380

Obra atualizada conforme o
NOVO ACORDO ORTOGRÁFICO DA LÍNGUA PORTUGUESA

Global Editora e Distribuidora Ltda.
Rua Pirapitingui, 111 – Liberdade
CEP 01508-020 – São Paulo – SP
Tel.: (11) 3277-7999
e-mail: global@globaleditora.com.br

- globaleditora.com.br
- @globaleditora
- /globaleditora
- @globaleditora
- /globaleditora
- /globaleditora
- blog.grupoeditorialglobal.com.br

 Direitos reservados.
Colabore com a produção científica e cultural.
Proibida a reprodução total ou parcial desta
obra sem a autorização do editor.

Nº de Catálogo: **4532**

QUEM MANDA
JÁ MORREU

Vejam se vocês preferem este começo:

— Você nos meteu numa enrascada, Edu — disse tio Palha. — O melhor que temos a fazer é fugir para o Nepal.
— Não sei onde é o Nepal — respondi.
— Então reze para que os bandidos também não saibam.

Ou este:

— Você é aquele garoto curioso, não é? — perguntou o homem alto e gordo que ostentava um cravo na lapela, olhando-me lá de cima.
Não tive dúvidas: o figurão devia pertencer à quadrilha do falecido Tony Grand. Quem sabe, o novo chefe. Primeiro levei um susto, depois senti pavor.
— Não sou curioso, mas se o senhor pensa assim prometo me corrigir.
— Ótimo! — exclamou o facínora tirando um revólver deste tamanho da cintura. — Mas terá apenas trinta segundos para isso.
— Posso me corrigir em menos tempo — garanti.
— Ora, não tenha tanta pressa. Trinta segundos dá para se arrepender e ainda aproveitar um pouco mais a vida — rebateu o homem do cravo, fixando os olhos em seu relógio de pulso. Estava tendo início a contagem.

Que tal começar pelo fim?

Fim

(Original, sem dúvida, mas um pouco seco.)

Melhor começar pelo começo:
ÚLTIMO DIA DE JUNHO

Íamos entrar nas férias de julho e o professor Rubens, da faculdade de Comunicações, solicitou à classe que fizesse nesse período uma reportagem sobre qualquer tema. Valia até pesquisa histórica: "A construção do Teatro Municipal" ou "A vida de Castro Alves quando estudante em São Paulo".

Júlio, fanático por carros, disse que ia escrever sobre corridas de *stock-cars*. Laura entrevistaria um conhecido figurinista. Antenor, sempre preocupado com a Ecologia, já tinha um tema: "A péssima conservação das praças e parques paulistanos". Edgar, parente de um vereador, faria uma reportagem sobre o programa da prefeitura para as favelas da cidade. Como todos se manifestassem prontamente, o professor me perguntou:

— E você, Edu, sobre o que vai escrever?

— Não sei — respondi, atarantado.

— Faço-lhe uma sugestão. Escreva sobre vendedores ambulantes de algodão-doce. Ainda circulam alguns pela periferia.

Alguém riu, gozando da minha falta de imaginação ou já me vendo papear num bairro distante com um desses raros fabricantes de cáries.

— Acho que tenho algo melhor — disse com falsa convicção.

Não devo ter sido muito convincente, pois na saída da faculdade Júlio despediu-se de mim com um "Tchau, doçura" e o Edgar sugeriu que eu não escrevesse nada; bastaria, no reinício das aulas, levar algodão-doce para o professor e receberia nota máxima.

Dei uma risada curtinha e fui saindo como se estivesse doido para curtir as férias. Mentira. Continuava com o grilo na cabeça: sobre o que fazer a reportagem?

TIO PALHA:
DETETIVE PARTICULAR

A primeira pessoa para quem expus o referido grilo foi tio Palha, que pigarreou e disse... Não, nem pigarreou nem disse. Antes, quero que conheçam melhor o detetive Geraldo Palha. Por sinal, detesta esse nome, nada comercial para quem exerce tal profissão.

— Vou mudar meu nome para Jones, Armstrong ou Taylor — anunciou um dia. — Nomes mais apropriados, não acha?

— Bonitos, mas o senhor não parece estrangeiro.

— E daí? Conhece aquele roqueiro Clayton Maxwell? O nome dele é Alberico Silva. Com esse nome passava fome; como Clayton Maxwell fatura os tubos.

— Se o senhor ao menos falasse inglês, tio.

— Direi à clientela que levei um tombo, bati a cabeça e esqueci o inglês. Coisas assim acontecem.

Continuou, porém, chamando-se Palha, nome que se ajustava bem, porque ele sempre me pareceu um espantalho, todinho de palha por dentro, corpo leve, ágil, que só não se desfazia ao vento por causa do colete e paletó sempre abotoados. Seu rosto, também de espantalho, tinha algo de irreal e improvisado, como um desenho infantil, feito não para merecer boa nota mas para divertir a turma da escola. Irmão de minha mãe, sempre tivera mais profissões que empregos. No último quebrara pulso e relógio de ponto com um soco. Desde então passara a ser autônomo, profissional sem horário fixo nem patrão. Orgulhava-se disso, mesmo quando ficava meses sem trabalho. Dizia-se vendedor: já vendera pássaros exóticos, selos antigos, tapetes persas, enciclopédias e um miraculoso remédio para crescer cabelos, ele que não tinha muitos.

— Um dia farei o que realmente gosto — costumava dizer.

E fez, aos 40 anos, quando alugou uma saleta num edifício no centro da cidade, de vinte andares, repleto de pequenos, variados e até estranhos escritórios e estabelecimentos. À porta, pregou uma placa: "Geraldo Palha — Detetive Particular". Era seu sonho e projeto, desde que lera seu primeiro romance policial, gênero do qual era leitor e colecionador apaixonado.

Não percam tempo imaginando que tio Palha solucionava grandes enigmas policiais. Geralmente era contratado para procurar pessoas desaparecidas, maridos ou esposas que abandonavam seus cônjuges, vovôs ou vovós esclerosados que saíam de casa e se perdiam, e mesmo animaizinhos de estimação, cachorros, gatos e papagaios, que se volatizavam nas selvas da metrópole.

O movimento do escritório de tio Palha melhorou, porém, quando o dono de um circo o procurou, afobado. Queria que o detetive encontrasse um leão fugido. Um leão? Sim, um imenso leão, a maior atração do circo. Se a polícia o matasse seu negócio estaria arruinado.

— Preciso dele vivo, seu Palha.
— Ele morde?
— Nero nunca me mordeu — garantiu o cliente.
— Sabe para que lado ele foi?
— Zona Leste.

Tio Palha teve sorte. Aliás, uma tremenda sorte. No mesmo dia localizou o leão dormindo num campo de futebol de várzea. O difícil foi fazer Nero entrar dentro de um táxi, sob os protestos do mal-humorado motorista. Tem sempre gente que não gosta de colaborar. O que o detetive não esperava era, ao chegar, ver o circo cheio de repórteres e fotógrafos, como se alguém tivesse realizado uma notável proeza.

— O senhor pegou o leão sozinho? — perguntavam os jornalistas.
— Peguei, o motorista não quis ajudar.
— Como conseguiu isso?
— Tive de lhe aplicar uns bofetões e pontapés. Não havia ninguém da Sociedade Protetora dos Animais por perto.

Então lhe informaram:
— O senhor não sabia que desde que fugiu esse leão feriu cinco pessoas? Uma está entre a vida e a morte!
— Não tenho medo de nada — respondeu o detetive.

Instantes depois tio Palha desmaiava, o que atribuiu ao excessivo calor daquele dia. Durante a noite teve febre e dores de barriga, mas no dia seguinte, disposto, voltou ao escritório com um rolo de papel — um pôster — que mostrava a cara zangada de um leão. Pregou-o à parede e batizou definitivamente o estabelecimento: AGÊNCIA LEÃO DE DETETIVES.

Em seguida tio Palha mandou imprimir um milheiro de cartões comerciais, tendo como logotipo a cara de um leão, que passou a distribuir por toda parte. E para que a agência realmente tivesse jeito de agência, contratou como secretária uma uruguaia quarentona, Coca Gimenez, cantora de ritmos latino-americanos, aposentada pelo sucesso do *rock*. Tio Palha fora admirador fanático da cantora, que ao ser encontrada trabalhava como bilheteira num teatro evitado pelas pessoas distintas.

Desconfiei logo que continuava apaixonado por Coca, o que contestava.

— Contratei *la* Gimenez por causa do sotaque estrangeiro. Valoriza o negócio.

Não era bem verdade. Do castelhano Coca só conservara um *adiós*, quando se despedia de alguém. Mais magra do que gorda, altinha, mantinha-se bonita com a ajuda de uma caixa cheia de cosméticos. Durante um período maquiara atrizes e atores, o que dizia ser sua melhor aptidão. Gostava de vestir-se bem, lembrando nas roupas e maneiras uma solteirona um tanto modernosa.

Para complementar o visual detetivesco da agência, tio Palha, que nem cigarros comuns fumava, tentou fumar cachimbo, dando-se mal já na primeira experiência. Um cliente impaciente, vendo-o tossir tanto, embora socorrido por Coca que lhe dava tapas nas costas, saiu precipitadamente.

O diretor da Agência Leão de Detetives alcançou-o no corredor.

— Em que lhe posso ser útil, cavalheiro?

— Precisava de uma pessoa que se escondesse dentro de um armário para ouvir uma certa conversa sigilosa. Com essa tosse e insistindo em fumar essa coisa, o senhor não é a pessoa indicada. Boa tarde.

Felizmente não tardou a titio detetive descobrir que muito mais importante que um cachimbo era possuir lupa, máquina fotográfica e outros equipamentos necessários ao exercício da profissão. Mesmo porque, depois do caso do leão, que saiu em todos os jornais e telejornais, tio Palha ganhou fama de homem de grande coragem, aumentando a clientela.

Mas voltemos à pedra no meu sapato: a reportagem.

TONY GRAND

— Posso lhe dar uma dica para uma reportagem — disse-me tio Palha. — Aposto que será a mais original da classe. Escreva sobre Tony Grand.

— Já ouvi esse nome. Quem é mesmo?

— Foi o maior delinquente que o país conheceu desde que tiraram os bondes.

— Já morreu, não é?

— Encontraram seu corpo boiando no Tietê. Queimado, provavelmente num carro. Nem suas impressões digitais escaparam. Se não fossem os documentos ninguém diria que era Tony Grand.

— Acha interessante escrever sobre o cara?

— Ainda hoje muitos tremem só de ouvir seu nome.

— Não seria mais quente escrever sobre um bandido vivo?

— Pra se meter em complicações? Os mortos são mais pacíficos. E quem sabe algum jornal decida publicar a reportagem! O repórter do algodão-doce saindo nos jornais?

— O que fazia esse Tony?

— Tudo, principalmente tráfico de entorpecentes. Para isso assaltava, matava, fazia o diabo. Às vezes era apanhado, mas escapava espetacularmente, sempre facilitado por policiais corruptos. Sua quadrilha agia em São Paulo, Rio e outros estados. Quando apertavam o cerco, evaporava. Diziam que ia para o exterior onde gastava rios de dinheiro.

— Preciso ter todas as informações sobre Tony Grand — eu disse, já embalado. — O tema merece reportagem detalhada. Me ajuda, tio?

— Infelizmente, Edu, a Agência Leão de Detetives não possui arquivo. No futuro, pode crer, instalarei aqui computador, videoteipe e tudo que a eletrônica já inventou para complicar a vida dos bandidos. Mas ainda é cedo.

— Então, como me arranjo?

— Vou lhe dar um cartão para vasculhar o arquivo dos jornais. Ninguém nega nada ao Palha da Leão.

Nesse momento entraram dois homens aflitos, clientes da agência.

— Vovô fugiu de novo — disse um deles.

— De ceroulas, como da outra vez?

— Nu — informou o segundo homem.

— Nu? — admirou-se o detetive.
— Nu e dirigindo um automóvel, o que não fazia há trinta anos!
Coca começou a fazer anotações. Tio Palha ia entrar em ação. Saí.

APLAUSOS ANTES DO ESPETÁCULO

O pessoal de casa (Gustavo, meu pai, Odete, minha mãe, e Renatinho, o caçula) ficou meio assustado com a ideia. Mas afinal, se queria ser um bom jornalista precisava caprichar nas reportagens desde a faculdade, não acham?

— Então vai escrever sobre um bandido? — admirou-se meu pai.

— Por que não escolhe um assunto mais agradável, Edu? — opinou dona Odete. — Vivemos num mundo violento demais.

Meu pai logo reconsiderou: o importante era que eu demonstrava não estar gastando seu dinheiro à toa. Cabeça de economista, sacaram?

— Seu entusiasmo me trouxe um pouco de paz — disse meu pai. — Hoje em dia é preciso abraçar depressa uma profissão. Quer ser jornalista? Então vai ser. E agradeça por mim a sugestão de seu tio, essa é a primeira vez que diz alguma coisa útil.

Mais tarde eu me lembraria daquela frase: "Seu entusiasmo me trouxe um pouco de paz". É... ninguém tem bola de cristal em casa para prever o futuro. Paz...

— Agora vou pesquisar nos jornais — anunciei em tom bastante profissional. — Pra quem fica, tchau!

Saí da sala surpreendendo num relance um sorriso de orgulho dos velhos.

No portão topei com o Renatinho, que me quebrou a onda com uma pergunta:

— Você não vai com a gente pra Serra Negra?

E eu queria?

NO ARQUIVO
DO JORNALÃO

Fiquei um pouco perdido no arquivo do grande jornal em que comecei a pesquisa. Em grossos volumes encadernados lá estava um século da vida do matutino.

Pelo menos não precisaria copiar as notícias de meu interesse, um funcionário xerocaria tudo. Animado, passei a folhear os jornais atento à seção policial. Moleza. O nome de Tony Grand sempre surgia ligado a assaltos, contrabandos e assassinatos. E quanta notícia sobre sua morte, atribuída a gangues rivais. Fotos de seu corpo desfigurado, do carro torradinho encontrado pela polícia e do delegado Maranhão, incumbido do caso. Xeroquei tudo e voltei para casa.

Usando a velha máquina de escrever que meu pai aposentara, comecei a redação. Não fui longe. Era chatíssima aquela mera compilação, espécie de resumo da vida criminosa de Tony Grand, e mais nada. Serviria apenas para refrescar a memória das pessoas que já o tinham esquecido.

No dia seguinte fui à Agência Leão de Detetives e mostrei a tio Palha o que escrevera.

— Está na cara que andei copiando jornais, não é?

— Isso é coisa já sabida.

— Acha que devo ir a outros?

— Todos contam a mesma história. Mas tenho uma ideia – disse o detetive. – Vá ao arquivo da polícia. Conheço uma pessoa lá, o Adonias. Quem sabe ele possa lhe passar melhores informações sobre Tony Grand. Vou escrever umas linhas apresentando você.

Já estava saindo quando lembrei de perguntar:

— E o velho nu, encontrou?

— Ainda não, mas soube que acaba de entrar num cinema. Estou indo para lá. Só espero que o filme seja impróprio para menores.

O tal Adonias, antigo funcionário do arquivo policial, recebeu-me bem e logo referiu-se ao meu tio.

— Geraldo Palha seria um grande detetive se tudo acontecesse como nos romances policiais. Mas numa coisa lhe faço justiça. Nem Sherlock Holmes seria capaz de pegar um leão a unha. No que posso ser útil, mocinho?

— Estou fazendo uma reportagem sobre Tony Grand.
— Jornalista na sua idade?!
— É apenas um trabalho para a faculdade. Já estive no arquivo de um jornal e xeroquei uma montanha de informações sobre ele. Mas como o trabalho saiu paradão, morno, meu tio aconselhou que o procurasse.

Adonias começou com uma informação sinistra.
— Até algemado Tony dava medo. O pior delinquente que conheci em trinta anos de profissão. Sua morte foi um alívio. Nem acreditei quando o vi morto, na geladeira.
— Nunca souberam quem o matou?
— Os maiores suspeitos foram mortos em seguida. Guerra de quadrilhas, entende?
— A polícia soube de alguma coisa que os jornais não publicaram?
— Oh, não, os jornais publicaram tudo.

Meio desanimado admiti:
— Terei de me limitar às informações que já tenho.
— Espere um momento — disse-me o arquivista, saindo da sala. Voltou logo em seguida com uma pequena lista de nomes. — Aqui estão algumas pessoas que seria interessante entrevistar.
— Jornalistas?
— Não, gente muito ligada a Tony Grand. Os nomes já riscados são de mortos ou desaparecidos. Procure Bruna Grand, irmã do bandido, é dona de um salão de beleza. Sempre negou que pertencesse à quadrilha do irmãozinho. O segundo é um borracheiro, Mossoró, um cara da pesada, agora em liberdade. E Zoé, trapezista de circo, que também cumpriu pena.
— Acredita que poderão me ajudar?
— Não garanto — ponderou Adonias —, mas se você quer fazer um bom trabalho tem de tentar.

PRIMEIRA ENTREVISTA

Ao entrar na Agência Leão de Detetives surpreendi o patrão beijando a secretária. Ela, com muita cancha de flagras, nem se tocou, mas ele perdeu o prumo.

— Vou ditar uma carta, senhorita... — disse o detetive austeramente à secretária. — Excelentíssimo senhor Tony Grand...

Não deu, caí na risada.

— Ele ressuscitou?

— Ah, estou confuso! — admitiu tio Palha. — Tudo por causa daquele maldito velho.

— O senhor não o pegou no cinema?

— Quando cheguei já tinha saído. Parece que não gostou do filme. Mais tarde soube que esteve num *shopping center*.

— Pode ter ido comprar roupas.

— Pelo que sei foi apenas dar um passeio na escada rolante.

Tocou o telefone, Coca atendeu.

— É sobre o nudista — disse ela. — Está tomando banho no chafariz de uma praça.

— Pergunte que praça é, vou correndo para lá.

Tio Palha tinha seus afazeres e eu os meus.

O salão de beleza de Bruna Grand não era longe. Fui a pé mesmo. Mas à porta do salão, hesitei: nunca havia entrado num cabeleireiro.

Entrei embaraçado. Havia apenas uma freguesa, sob um ruidoso secador de cabelos. Uma mulher pesadona e feiosa veio ao meu encontro.

— O que quer aqui, menino? — perguntou com voz de trovão.

— Queria falar com a senhora Bruna Grand.

— Sou eu mesma. Assunto?

— Sou sobrinho de Geraldo Palha, da Agência Leão de Detetives — disse, como se isso explicasse minha presença no salão.

— E daí?

— Daí... queria fazer à senhora algumas perguntas sobre Tony Grand.

— Morreu há cinco anos. O que mais?

Aquilo era o mesmo que entrevistar o Monumento ao Soldado Desconhecido.

— A senhora sabe quem o matou?

Ela não respondeu, perguntou:

— Esse seu tio é detetive?

— Particular, mas é. Lembra-se daquele leão que fugiu? Pois foi ele que...

— Por que ele mandou você aqui?

Sabem que fiquei com medo da mulher?
— É que pretendo fazer uma reportagem...
— Você é repórter, fedelho?
Nunca ninguém me chamara de fedelho (criança que cheira a cueiros, como li depois num dicionário).
— Não.
— Se não é, por que faz reportagens?
— Estudo Comunicações — respondi, certo de que ela não me entenderia e já olhando para a porta.
— O que seu tio está querendo saber?
— Ele não está querendo saber nada. Eu é que preciso saber tudo sobre Tony Grand.
— Tudo o quê? — ela perguntou, dando um passo em minha direção.
Com medo de que ela me desse uma mordida, tentei explicar:
— Tudo. Por exemplo...
Houve uma pausa.
— Por exemplo?
— Sei lá... por exemplo... a senhora foi reconhecer o cadáver dele na polícia?
— Interessa?
— Segundo a polícia nenhum parente de Tony apareceu para... — disse lembrando a informação do jornal.
— Diga logo o que está querendo. Abra o jogo.
— Não há jogo algum, minha senhora.
— Esses tiras! Mandando um garoto boboca me prensar! O que querem mais que eu diga?
— Não foram os tiras que me mandaram.
A voz dela trovejou:
— Não disse que seu tio é um tira?
— Detetive particular, da Agência Leão.
Quase empurrado pela irmãzinha de Tony Grand, ouvi:
— Ele está a serviço de quem?
— De ninguém. Quer apenas me ajudar a fazer a reportagem para a faculdade.
Puxa! Até para mim soou falso. Quem acreditaria nessa história? Se eu fosse irmão de Tony Grand não acreditava.

— Suma daqui, fedelho. Meu irmão está morto e não tenho mais nada a dizer sobre ele.

Depressa ganhei a rua e fui me afastando. Perto da esquina parei e olhei para trás. A troncuda irmã de Tony estava à porta de seu salão acompanhando meus passos com uma cara irritada e preocupada.

SEGUNDA ENTREVISTA

Claro que voltei à Agência Leão de Detetives e contei tudo ao tio Palha, sem conseguir, porém, passar-lhe a impressão desagradável que a gigantesca Bruna Grand me causara. Ele estava com o pensamento longe, aliás, não tão longe, porque Coca descera apenas para comprar uns sanduíches.

— Não pense que todos os repórteres são recebidos com flores — disse.

— Achei a atitude dela muito esquisita.

— Certamente foi muito molestada por ser irmã de um bandido, e declarou guerra ao mundo.

— Cheguei a pensar que ela fosse me estrangular.

Tio Palha não comentou nada pois Coca Gimenez entrara na sala. Trocaram sorrisos. Eu estava sobrando na agência. Mas ainda perguntei:

— E o velho nu?

— Cheguei tarde novamente. Já tinha tomado seu banho de chafariz.

Fui à borracharia onde três homens vestindo macacões empilhavam pneus velhos. Perguntei por Mossoró a um deles.

— Chefe! Com o senhor.

Mossoró apareceu. Ao contrário dos empregados vestia-se até com certo luxo. Sujeito pequeno mas posudo. Jamais vira borracheiro tão chique, com gravata e tudo, e um ar de superioridade. Tapar buraco de pneu dá tanto dinheiro assim?

— Boa tarde! — cumprimentei. — Conhece o Adonias, do arquivo policial?

— Não.

— Foi quem me deu seu nome. Podíamos bater um papo?

— Sobre?

— Tony Grand. Estou escrevendo uma reportagem sobre ele.

— Tudo que tinha a dizer já disse à polícia. Só isso?
— Conhece a irmã de Tony?
— Ainda agora me telefonou, mas eu tinha ido tomar uma cerveja. Só isso?
Ela teria telefonado ao baixinho grã-fino para comentar minha visita?
— Vocês são amigos?
Ele levou a mão ao nó da gravata. Para ajeitar ou para desapertar?
— Mais ou menos. Só isso?
— Acho que sim — respondi, e mesmo sem me despedir fui me afastando.
Ouvi então a voz de Mossoró.
— Em que jornal você trabalha? — perguntou.
— Em nenhum — respondi. — Só isso?
Afastei-me tentando parecer natural, querendo encucar o borracheiro. Mas a curiosidade me venceu: após dar uns vinte passos, olhei para trás. Mossoró continuava à porta do estabelecimento, mais do que parado, imobilizado. Acompanhava-me como um desses quadros que parecem mover os olhos quando passamos por ele.

A verdade é que estava intrigado com o comportamento dos dois entrevistados. Apanhei um ônibus para a periferia, onde estava instalado o Circo Samarra. Era o local de trabalho de Zoé, o terceiro e último da lista de Adonias.

TERCEIRA ENTREVISTA

Zoé não chegava a empolgar. Era mais um palhaço do trapézio, cuja cabeleira ameaçava cair a cada salto. Tratava-se de um espetáculo especial para as escolas dos arredores. Os alunos haviam chegado em ônibus.

A garotada gostou mais quando Zoé improvisou um piquenique no trapézio, mas tudo que tentava comer, banana, cacho de uva, laranjas, sanduíche, escapava-lhe das mãos indo cair na rede de proteção. Um barato.

Quando Zoé concluiu seu número contornei a lona do circo e fui sair num terreno baldio, onde estavam estacionados alguns *trailers*. Perguntei pelo trapezista a um anão.

— Você quer um autógrafo? — perguntou.

— Isso mesmo! Aproveitando a oportunidade me dê o seu — pedi retirando a agenda do bolso.

O anão, vaidoso, escreveu seu apelido: Meia-Sombra. Depois me indicou o *trailer*.

Fui até lá e entrei. Zoé, um cara de rosto comprido e sobrancelhas grossas, estava largado tranquilamente numa velha poltrona. Parecia gente boa.

— Seu número é bárbaro — disse.

— A gente faz o que pode, moço. Trabalho por amor, é isso aí.

— Posso fazer umas perguntinhas? Estudo Comunicações.

— Pergunte. Aqui os estudantes mandam.

Disparei à queima-roupa:

— Foi muito amigo de Tony Grand?

A pergunta incomodou Zoé.

— Isso é assunto de escola?

— Na faculdade cada um escolhe o seu.

— Quem disse que me encontraria aqui?

— O Adonias, do arquivo policial. Conhece?

— Parece que não esquecem de mim, né? Não conheço nenhum Adonias.

— Você *trabalhou* com Tony? — perguntei.

— Escute aqui, moço, eu estou limpo. Ponha isso na cabeça: estou limpo. Cumpri a minha pena e agora está tudo acabado. Minha profissão é trapezista. Caí fora daquele mundo. Meu negócio hoje são as crianças. Ganho uma ninharia mas estou melhor assim.

— Foi o que me disseram. Que está limpo. Relaxe, não sou da polícia. Estou fazendo uma reportagem para a faculdade. Não tomarei muito do seu tempo. Sabe quem matou Tony Grand?

— Ora, só sei que foram inimigos dele, gente de outra quadrilha. Devia estar na mira de muitos. Não me peça nomes que não sei. Provavelmente quem fez isso já se foi também. Não sei de nada. Estou limpo.

— Diga mais qualquer coisa sobre Tony para a reportagem.

— Era doido por amendoim.

Percebi que Zoé não estava disposto a colaborar e fiz a última pergunta.

— Conhece um tal Mossoró, borracheiro?

Zoé quase caiu da poltrona. Por que o susto?

— Falou com ele? O que ele disse sobre mim? Desembuche, garoto!

Agora ele já não era o divertido trapezista da criançada. Se eu hesitasse me torceria o braço ou me esganaria.

— Ele não disse nada sobre o senhor. Nem ele nem a irmã de Tony Grand.

— Ah, também procurou ela? Eh, que investigação é essa? Você é mesmo estudante?

Dei um passo atrás, pronto para saltar do *trailer*.

— Quer ver minha carteirinha?

— A polícia inventa muitos truques para descobrir coisas. Mas vieram bater em porta errada. Nunca mais vi Tony, isto é, muito antes de ele morrer eu já estava noutra.

Meia-Sombra, o anão, entrou no *trailer*.

— Já pegou seu autógrafo, rapaz?

— Já — respondi, saindo às pressas do carro. Para mim chegava. Agora era sentar à máquina e escrever.

A VOLTA DO VELHO NU

Meu tio acabou tendo sorte no caso do velho que fugiu nu de casa num automóvel. Quase por acaso viu-o num bar da cidade tomando um refrigerante, junto ao balcão. Contou-me que bateu no ombro dele e comentou:

— Olha que vai apanhar um resfriado!

— O refrigerante não está gelado.

— Refiro-me aos seus trajes — esclareceu o detetive.

O velho olhou para seu próprio corpo.

— Puxa, como o senhor é observador!

— Um homem como o senhor andando nu, assim, pelas ruas!

— Nu é exagero, estou de meia e sapato.

— Eu pago o refrigerante, porque pelo jeito não tem nada nos bolsos. Vamos antes que seja detido por atentado ao pudor. — E como diversas pessoas já se aproximavam do nudista, o detetive acrescentou: — Cumprimente a distinta plateia e me acompanhe.

No carro, que o velho fez questão de dirigir, perguntou a tio Palha:
— Nunca andou nu pelas ruas?
— Pelas ruas não, só em elevadores. É mais discreto.

Coca morreu de rir ao ouvir essa história, enquanto eu me precipitava em contar ao chefe da agência o resultado de minhas entrevistas. Estava com três pulgas atrás da orelha.

— Todos eles me trataram mal e não acreditaram que me interessava por Tony Grand só por causa de um trabalho escolar.
— O que esperava encontrar? Uma freira e dois padres?
— Para terminar a reportagem gostaria de visitar o túmulo do bandido. Mas não para levar flores.
— Foi cremado.
— Cremado?
— A irmã dele deu a ordem.
— Não acha estranho?
— Por quê? Hoje em dia é tão comum!
— Pode ser. Mas também pode não ser.

O telefone tocou e Coca atendeu. Era um cliente.
— Aquele menino outra vez — informou a secretária. — Quer que encontre seu álbum de figurinhas. O pai paga bem.
— Vá fazer a reportagem, Edu. O James Bond aqui está entrando em ação outra vez.

TONY GRAND APAGOU MAS SUA QUADRILHA CONTINUA ACESA

O segundo texto saiu melhor que o primeiro, bem-feitinho, correto, porém ainda faltava aquele algo mais. Continuava morno, travado. Na manhã seguinte reli o trabalho e ele me pareceu pior do que antes, sem o toque profissional dos jornalistas tarimbados. Tudo não passava de relato escolar. Aquilo não iria causar nenhum impacto nos colegas e no professor Rubens. Aí eu disse pra mim mesmo, concluindo: falta um pouco de intriga, de ficção, de interesse. E imediatamente bolei o título: TONY GRAND APAGOU MAS SUA QUADRILHA CONTINUA ACESA.

Mesmo com esse título forte não foi fácil começar, mas comecei, primeiro relembrando a carreira do bandidão, que terminava com seu corpo boiando no rio depois de ter sido queimado, provavelmente por uma quadrilha rival ou por gente da própria gangue de olho no seu posto. Feita essa abertura, dei o primeiro chute.

"Mas há motivo de sobra para se pensar que a morte do chefão não pôs fim à quadrilha. Ela está aí, na ativa, embora alguns de seus membros vivam como cidadãos comuns e trabalhadores. Parece que agindo assim, nas sombras, mostraram-se mais cautelosos e talvez mais eficientes."

Depois de algum blá-blá-blá reproduzi as três entrevistas, em forma de diálogo, carregando um pouco nas tintas. Queria que Bruna, Mossoró e Zoé parecessem ainda mais suspeitos e perigosos. Numa boa reportagem vale tudo, não?

"A reação dos entrevistados foi surpreendente, como revela o telefonema de Bruna Grand para Mossoró logo após minha visita ao salão. Tudo leva a crer que continuam unidos, com certeza traficando e matando como nos tempos de Tony Grand."

Sempre blablablando, bem solto, com a imaginação à vontade, terminava a reportagem com um apelo à polícia:

"Se o delegado Maranhão, que tanto combateu a quadrilha de Tony, convocasse Bruna, Mossoró e Zoé para novo interrogatório, o resultado poderia indicar que eles ainda vestem a camisa do clube do famigerado bandido."

Achei o "famigerado" um tanto careta, coisa de jornal antigo, mas deixei.

Reli tudo empolgado. Ia sacudir a classe. Pude até ver olhares de admiração, principalmente da Anabel, minha paixão secreta na faculdade. Nem sei como até agora não falei dela, ou falei? Mas nem teria o quê. Nunca trocamos mais que algumas palavras, ela sempre rodeada de veteranos.

Corri para a agência do tio.

— Quer dar uma lida?

O detetive pegou a reportagem e a leu a jato.

— Está uma parada!

— Verdade?

— Quentíssima! Um jornalista de verdade precisa ler isto. Conheço o Jair, redator-chefe da *Gazeta da Tarde*. Vou mostrar a ele. Gostando, talvez convide você pra fazer um estágio no jornal. É assim que muitos jornalistas começam.

— Ainda sou novo pra trabalhar na imprensa.

— Eu sei, mas pode pintar uma reportagem de quando em quando, e um pouco de dinheiro não faz mal a ninguém. Faz?

BOA VIAGEM PRA VOCÊS!

Quando voltei para casa meus pais já estavam com as malas prontas. Eu sempre me aborrecia com essas viagens de meio de ano que só davam programas de tevê, passeios de charrete e papos furados com hóspedes do hotel.

— Vocês se chateiam se eu ficar desta vez? — pedi. — Tenho de pôr os estudos em dia.

— Mas vamos levar a empregada — disse minha mãe.

— Eu deixo tudo em ordem e almoço e janto com tio Palha.

Como era a primeira vez que ficaria sozinho em casa enquanto a família viajava, na hora de partir meu pai advertiu:

— Por favor, não se meta em nenhuma confusão.

— Prometo que vou tentar. Boa viagem pra vocês!

Assim que ouvi o ronco do carro do velho, consultei a lista e liguei para Anabel. Ela atendeu: sorte!

— Anabel, eu!

— Rolando! Que bom que telefonou! Vamos ao *shopping* hoje à tarde?

— Se quiser ir ao *shopping*, conte comigo. Um programa e tanto. Mas acontece que não é o Rolando.

— (Tom de decepção) Então quem é?

— Edu.

— (O mesmo tom de decepção, só que mais mole) Ah...

— Parece que o horóscopo a enganou, não é?

— (Agora com ironia) Está entrevistando vendedores de algodão--doce? Dizem que são um barato.

— Entrevistei uma dúzia deles. O mais sem graça tem melhor papo que o Rolando. Agora quando ouvir um "clic", sou eu que estou desligando.

Olhei-me depois no espelho: não parecia muito despeitado. Saí.

Eu ia indo pela rua quando...

EH, QUEM SÃO VOCÊS?

Eu ia indo pela rua quando um carro me ultrapassou e brecou. Imediatamente um homem baixo e forte, tipo orangotango, saltou e com um meio sorriso me perguntou:

— Podia nos dar uma informação? Estamos perdidos.

Um tanto desconfiado, perguntei:

— Em que rua querem ir?

O desconhecido me pegou pelo braço aproximando-me do carro.

— Explique ao motorista.

Curvei-me para falar com o motorista, quando fui jogado no banco traseiro do carro que saiu numa arrancada.

— Quem são vocês? — perguntei.

— Calma, mocinho, só queremos algumas dicas.

— Sobre o quê?

— Isso é com o delegado. Você é acusado de praticar um pequeno furto.

Não acreditei.

— São da polícia?

— Claro! — respondeu o orangotango.

— Mostrem os documentos.

O que me segurava se perturbou, mas o motorista, sem olhar para trás, socorreu-o:

— Estamos apenas fazendo um servicinho pro delegado.

Não convencia.

— Pra que delegacia estão me levando?

— 35ª.

Não conhecia nenhuma delegacia pelo número. Chutei:

— A 35ª não é nessa direção. Vocês não são tiras.

O que me segurava declarou:

— Isto é um sequestro. Entendeu agora?

Não me calei.

— Meus pais não são ricos, cara.

— Ninguém falou em resgate — disse o motorista. — O chefe vai fazer umas perguntinhas.

— Sobre?

— Calma, moleque.

Como no caso do leão do tio Palha o medo não veio na hora, mas veio, e todo de uma vez. Concentrei forças e esperei o primeiro farol vermelho. Mas só dava verde. No finzinho da avenida pintou enfim o vermelho e o carro brecou atrás de um fuscão. Me vi com 3 anos de idade enfiando dois dedos nos olhos dum garotão de 6 que tentava roubar meu sorvete.

Foi o que fiz com o orangotango ao lado.

Antes de ouvir um ai, abri a porta do carro — ele tinha quatro — e saltei feito um doido, costurando entre os veículos parados no semáforo. Os bandidões não me perseguiram. Assim que o farol ficou verde, partiram com os pneus cantando. Com a impressão de que engolira um mata-borrão, todo seco por dentro, entrei num bar e tomei um refrigerante pelo gargalo. Depois peguei um ônibus de volta à agência.

Meu tio conversava amenidades com Coca Gimenez.

— Fui sequestrado! — berrei.

— Brincadeira tem hora.

— Não, tio, aconteceu agorinha mesmo. Um cara me jogou dentro de um carro. Se fosse boboca ainda estaria com eles.

Coca foi buscar às pressas um copo de água.

— Conte tudo direitinho — pediu tio Palha.

Ajuntando palavras, e atropelando algumas, contei o fato como pude.

— Minhas pernas ainda tremem.

Enquanto eu bebia a água, Coca perguntou:

— Isso não teria algo a ver com as entrevistas?

— Creio que não — tio Palha respondeu por mim. — Lembra da cara deles?

— A do homem que me empurrou, sim. O motorista, nem vi.

Tio Palha me puxou para a porta.

— Vamos à polícia ver os álbuns. Os homens podem estar fichados.

UM MILHÃO DE CARAS FEIAS

Eu, tio Palha e um detetive chamado Gato ficamos umas duas horas numa sala folheando álbuns de retratos de criminosos procurados. Uma cara mais feia do que a outra, e pelo menos vinte lembravam a do sequestrador. Diversas vezes estive para dizer – é este! – mas hesitava. Acabei cansando.

– Chega, tio.
– Obrigado, Gato.

Fomos a um bar, eu para tomar um suco, ele uma cerveja.

– Você está bem-vestido, pensaram que é filho de ricos.
– Sabe, tio, tive a impressão de que era eu mesmo que queriam pegar.
– Impressão baseada em quê?
– Em nada. Impressão só.

Deixamos o bar e voltamos à agência. Empurramos a porta e entramos. Coca não estava na sala.

– Será que ela saiu?
– Quando ela sai fecha a porta à chave – disse o detetive preocupado. Chamou: – Coca! Coca!

Ninguém respondeu.

O QUE ACONTECEU COM A SECRETÁRIA?

Eu e tio Palha nos olhamos assustados. Ele chamou outra vez.
– Coca!

Nada.

Corremos ao banheiro, ao lado da sala. Nada da moça.

– Ela pode ter descido pra comprar um sanduíche.
– Mesmo quando é para voltar logo, ela fecha a porta – replicou tio Palha.

Toc-toc-toc. Eram batidas na madeira. Toc-toc-toc. Não tive ideia de onde vinha aquele ruído. Toc-toc-toc.

– Tá ouvindo, tio?

O detetive correu novamente ao banheiro e abriu a porta do armário embutido. Santo Deus!

Coca estava toda encolhida, amordaçada e com os punhos e as canelas amarrados com tiras feitas de uma toalha. Foi um tanto difícil tirá-la de lá e arrancar as tiras.

— Que houve?

— Uma brincadeira — disse Coca. — O mais difícil foi amarrar meus próprios braços e fechar a porta por fora.

Ótimo senso de humor! Mas o que Coca esperava! Que a gracinha nos deixasse menos aflitos?

— Vamos, Coca, quem fez isso?

Já no escritório a secretária esparramou-se na cadeira, o corpo doendo. Desta vez eu é que fui buscar o copo de água.

— Agora, sim, isto está parecendo uma agência de detetives — disse ela. — Entraram dois caras armados, me amarraram e me fecharam no armário.

— O que disseram?

— Não estavam com vontade de papear. Mas eram pessoas honestíssimas: não levaram nem meu colar nem o relógio.

— O que queriam então?

— Trazer um recadinho.

— Que recadinho?

"Diga ao tal Palha que estamos por perto. Se publicar a reportagem alguém morre." E comentou: — Preferiram o estilo sintético.

Estava claro: o motivo eram as entrevistas.

— Deviam ser os mesmos que tentaram sequestrar você — concluiu o detetive. — Não perderam tempo. Assim que escapou, vieram para cá. Parece que não gostaram do tema que escolheu para o trabalho.

— Acho que eles podem ficar tranquilos — afirmei. — Não vou tocar mais no assunto. Farei a reportagem sobre algodão-doce. Creio que vou lidar com pessoas menos agressivas. Devolva meu trabalho, tio, vou queimar tudo.

— Não está aqui.

— Onde está?

— Não lembro.

Susto compartilhado com Coca.

— Não lembra?

Houve uma pausa dolorosa em que a sede voltou. Mas tio Palha deu um tapa na testa e sua memória funcionou.

— Levei ao Jair, o redator-chefe da *Gazeta da Tarde*. Ele ficou de dizer se você nasceu ou não pro jornalismo.

— Já não estou interessado na minha vocação. Vamos lá correndo.

Quando saíamos, Coca avisou:

— Se eu não estiver aqui quando voltarem, procurem no armário.

O PIOR ACONTECE

Embora a Gazeta da Tarde fosse logo ali, pegamos um táxi. Trajeto curto mas suficiente para tio Palha tomar uma decisão.

— Depois do jornal eu o acompanho à rodoviária. Certo?

Chegamos à Gazeta, um prédio antigo dos poucos que restavam no centro velho da cidade. Havia sido um jornal importante, mas hoje sobrevivia apenas com anúncios classificados, páginas e páginas de "precisa-se". Como matéria jornalística só algumas reportagens sensacionalistas. Fazendo ranger os degraus do quase histórico edifício, subimos à redação, onde apenas uns gatos pingados trabalhavam.

Jair, um veterano de cabelos brancos, aproximou-se com os braços abertos.

— Salve, Palha! Esse é o rapaz da reportagem? Parabéns! Pode passar no caixa. A Gazeta paga mal, mas paga.

— Não quero publicar a reportagem – eu disse.

— Modesto, além de talentoso? A modéstia é uma virtude fora de moda. Só atrapalha.

— Realmente Edu não está interessado – acrescentou meu tio. – Só queríamos seu aval. Acha que o menino é bom?

Jair, sem responder, foi até a mesa central da redação e voltou desdobrando um exemplar do dia. Ainda à distância exibiu a manchete que ia de um lado a outro da página: TONY GRAND APAGOU MAS SUA QUADRILHA CONTINUA ACESA. E embaixo um tremendo retrato do bandidão.

O mesmo raio atingiu a mim e ao tio.

— Quando saiu isso? – ele perguntou.

— Está chegando às bancas. Por que essa cara, Palha?

— Havia uns erros de ortografia – disse o detetive. – Meu sobrinho escreveu casa com *z* e janela com *g*. – E arrancando o exemplar da mão do redator-chefe, puxou-me para a escada. — Espero que os bandidos não leiam. Traficantes não procuram emprego.

Eu estava desorientado.

— O que devemos fazer?

— Vamos à rodoviária. Em Serra Negra o único perigo será uma picada de marimbondo.

— Não vou — reagi. — Quero ver como esta história acaba.

— Pode acabar com nós dois acordando com a boca cheia de formigas ou boiando no Tietê. Sabe lá o que é isso? O rio mais poluído do país!

— Fico com o senhor.

— Não tenho medo de nada — disse —, lembre-se de que agarrei sozinho o Nero, o leão homicida, mas não posso me responsabilizar por você, ainda mais morando sozinho.

— Mudo para seu apartamento.

— Voltemos à agência. Coca pode ter voltado para o armário.

A AGÊNCIA LEÃO DE DETETIVES ENCERRA SUAS ATIVIDADES

Voltamos à agência apressados. Assim que abrimos a porta uma mulher nos apontou um revólver: era Coca Gimenez.

— Se usassem sapatos de borracha já estariam mortos.

— Onde arranjou esse canhão?

— Encontrei numa gaveta, Palha.

— Então aconselho a colocar seis balas no tambor. É assim que essas coisas funcionam. Agora, se estiver com vontade de levar um bom susto leia este jornal. Veja como meu sobrinho escreve bem, mesmo sendo ainda estudante.

Coca pegou o jornal e correu os olhos pela página. Ignorava que era craque em leitura dinâmica. Levou apenas cinco segundos para ler a página e ainda sobrou tempo para desmaiar. Tivemos de abaná-la e massagear-lhe os pulsos.

— Acho que li nossa sentença de morte — concluiu assim que voltou a si. — Nossos amigos vão voltar. Que tal pedirmos pelo telefone três

sanduíches caprichados? Todo condenado tem direito a satisfazer um último desejo.

— Meu último desejo é morrer de velhice — balbuciei.

— Você nos meteu numa enrascada, Edu — disse tio Palha. — O melhor que temos a fazer é fugir para o Nepal.

— Não sei onde é o Nepal — respondi.

— Então reze para que os bandidos também não saibam.

O grande detetive começou a andar pelo escritório ao encalço de uma ideia que teimava em escapar-lhe. Coca apontava o revólver para a porta desajeitadamente, como se estivesse numa trincheira.

Fiz uma sugestão desesperada.

— E se comprássemos todos os exemplares da *Gazeta da Tarde*?

— Contratando vinte caminhões podemos recolher a edição em apenas 24 horas — respondeu tio Palha. — Eh, Coca, pare de apontar esse revólver para a porta. Pode matar o carteiro.

— Prefiro morrer em combate.

— Se está tão apavorada pode abandonar o emprego.

— É isso que você quer, não é? Só pra não pagar os três salários que me deve!

— Três meses? Não tenho culpa se o tempo passa tão depressa! — E retirando uma cartolina da gaveta ordenou à secretária, já que ela insistia em continuar na agência: — Escreva qualquer coisa aí. É para colocarmos na porta.

— Qualquer coisa como?

— Ora, qualquer coisa.

— Que tal: "Não entrem: sarampo" — sugeriu ela.

Tio Palha tinha ideia melhor:

— Escreva: "Brevemente alfaiataria São Miguel — Preços populares".

Minha sugestão era outra.

— Eles já estiveram aqui e não vão se iludir. Escreva, Coca: "A Agência Leão de Detetives encerrou suas atividades".

— Um pouco melhor — admitiu Coca —, mas não afasta totalmente o perigo. Basta empurrarem a porta e verão que é um truque.

Aí tio Palha recorreu àquele recurso de dar um tapa na testa. Assim sua cabeça funcionava prontamente.

— Há um conjunto vago na outra ala do edifício. Enquanto faz o cartaz, Coca, eu trato do novo endereço com madame Geni. Vou lhe quebrar um galho.

— Quem é madame Geni? — perguntei.

— Não tenho tempo para explicações — respondeu o ex-chefe da Agência Leão de Detetives atirando-se ao telefone.

MADAME GENI. ENSINA-SE CROCHÊ E TRICÔ. MÉTODO PRÓPRIO

Levando quase nada da agência, além da máquina de escrever e do pôster enrolado do leão, tio Palha, Coca e eu entramos na escolinha de crochê e tricô que madame Geni, uma francesa idosa, amiga do detetive, fechara provisoriamente por falta de alunos. Desta vez, porém, madame Geni teria alguém para pagar o aluguel, pelo menos era a intenção de tio Palha.

O estabelecimento era pouco maior que a agência, porém mais limpo, acortinado e tinha um belo tapete. Em tudo o toque caprichoso das mãos de madame Geni, segundo o detetive uma senhora muito requintada. Era impressionante seu grande sortimento de agulhas, dedais, meadas, novelos e carretéis. Havia também uma pilha de pequenos volumes ilustrados, o método desenvolvido por madame Geni.

Assim que entramos o telefone tocou: Coca atendeu. Eu e tio Palha imaginamos que ela daria uma mancada, dizendo o número e o nome da agência, como sempre fazia, mas a secretária estava atenta, apesar de suas queixas trabalhistas.

— Madame Geni, escola de crochê e tricô. — E logo em seguida: — Não há mais vagas, minha senhora. O curso está completo. Todo mundo resolveu aprender crochê e tricô ultimamente. Estamos pensando até em dar aulas numa quadra de basquete. Tente na semana que vem.

— Se saiu bem, Coca! — tio Palha felicitou-a. — É bom saberem que a escolinha está funcionando.

— Meu receio é que o pessoal da portaria informe que estamos aqui.

— Ninguém sabe que mudamos de ramo.

Eu não estava entendendo nada. Fui sincero.

— Sabe, tio, nem sei por que mudamos para cá. Pretende continuar atendendo seus clientes aqui da escolinha?

A revelação: tchan-tchan-tchan-tchan...

— Vou me dedicar exclusivamente a exterminar a quadrilha do falecido.

Coca ouviu e rebateu:

— Loucura! Eles são muito fortes!

— O leão também era e agora só sai da jaula para dar *shows* no circo. Mas se acalmem. Só eu vou trabalhar nisso.

Coca devia estar um tanto apaixonada pelo tio Palha:

— Não vou deixá-lo sozinho nessa, Palha.

O que me restava dizer?

— Se eu puder fazer alguma coisa...

— Agradeço, mas antes previno: não me responsabilizo por vidas nem por extravio de bagagens.

Coca não se abalou e saiu com uma de suas ideias:

— Usarei uma peruca loira, lentes de contato verdes e sapatos bem altos. Nem minha mãe me reconheceria.

Pensei também num disfarce:

— Vou usar um boné bem enterrado na cabeça e um paletó.

Tio Palha deu um tapa na testa e disse:

— Esqueci uns badulaques na agência. Volto num minuto.

Algum tempo depois alguém bateu à porta, entrando em seguida: um homem que usava chapéu, óculos escuros e uma bengala com a qual tateava o chão, inseguro. O que um tipo assim queria na escolinha? Coca abriu a gaveta para pegar o revólver.

— Procura alguém? – perguntei.

— Quero fazer um curso de tricô e crochê – disse ele. – Aceitam cegos?

Rimos. Era o detetive Geraldo Palha, o do leão, já disfarçado.

E AGORA?

No período da tarde Coca apareceu com a peruca loira, lentes de contato verdes e um novo penteado, o cabelo todo pra cima, armado, como uma Torre de Babel. Eu fora buscar meu boné amarelo e vestia um paletó com a gola levantada.

— Você parece irmão gêmeo do moço que andou por aí fazendo entrevistas — disse o homem da bengala.

— O que o senhor queria, tio, que eu fizesse uma operação plástica? Como explicaria a meus pais?

— Bastaria dizer que no lugar do dentista entrou por engano na clínica de um cirurgião.

Rimos os três, mas em seguida fiz uma pergunta, breve, que acabou com a risada.

— E agora?

— Isso mesmo, Gê — reforçou Coca, cada vez mais íntima do detetive —, a gente vai a um baile a fantasia ou faz alguma coisa prática?

— Eu vou à luta! — garantiu tio Palha.

— Começando por onde? — perguntei.

— Por onde você começou: apertando Bruna Grand. Tchau.

— Um momento, tio, posso ir junto?

— Pode, mas fique na esquina. Quero você longe disso.

Coca nos desejou boa sorte e disse:

— Ficarei lendo o método de madame Geni. Afinal, a escolinha está sob nossa direção. *Adiós*.

DUAS SURPRESAS E UM SUSTO

Como ficara combinado, esperei por tio Palha na esquina do salão de cabeleireiro de Bruna Grand. Não passara cinco minutos e ele já voltava, apoiado em sua bengala.

— Ela não estava?

— Bruna vendeu o salão para as empregadas a preço de banana e mudou-se.

— Para onde?

— Não deixou endereço pra ninguém. Disseram que viajou.

— Essa leu a reportagem, aposto.

— Vamos ao borracheiro. Se ele gaguejar, chamo a polícia.

Outro táxi nos levou à borracharia do Mossoró. Novamente fiquei na esquina. Dessa vez o detetive não demorou cinco minutos, demorou quatro.

— Falou com o Mossoró?

— Também vendeu o negócio e se mandou.

— Está brincando, tio?

— Brincando? Sabe o que vi jogado num canto? Um exemplar de ontem da *Gazeta da Tarde*.

Quase sem comentarmos nada, surpresos, eu e meu tio nos dirigimos ao Circo Samarra, onde entrevistara o trapezista Zoé. Dessa vez não quis ficar na esquina.

Ninguém na bilheteria. Fomos entrando. Não era hora de espetáculo. No centro do picadeiro vi o anão Meia-Sombra que chorava. Sim, chorava.

— Parece que o circo vai ser despejado — disse o detetive vendo outro artista, com físico de acrobata, que se juntava ao anão para chorar.

— A não ser que estejam ensaiando um número triste, talvez a *Paixão de Cristo*.

Atravessamos o circo e saímos por uma abertura na lona, nos fundos, que levava ao espaço onde estavam os veículos da companhia. Lá, artistas, curiosos e policiais rodeavam um *trailer*.

— É o *trailer* de Zoé. Vamos ver mais de perto, tio.

Ele tentou entrar, mas foi impedido por um policial.

— Aonde vai, homem?

— Dar uma olhada.

— Onde se viu um cego dar uma olhada?

— Só quero saber o que aconteceu aí.

— Enforcaram um artista com um fio de náilon — disse o policial.

— Que artista?

— Zoé, o trapezista. Agora saia do caminho, pode ser?

Puxei tio Geraldo pelo braço, retornando ao picadeiro. Agora já havia ali um coro de chorões. Zoé devia ser muito querido pelos colegas.

— Conheço o anão — disse. — Talvez nos informe alguma coisa.

— Acha que Zoé foi assassinado por algum espectador que não gostou de seu número? — cismou o detetive.

Meia-Sombra enxugava as lágrimas na manga de seu paletó folgado.

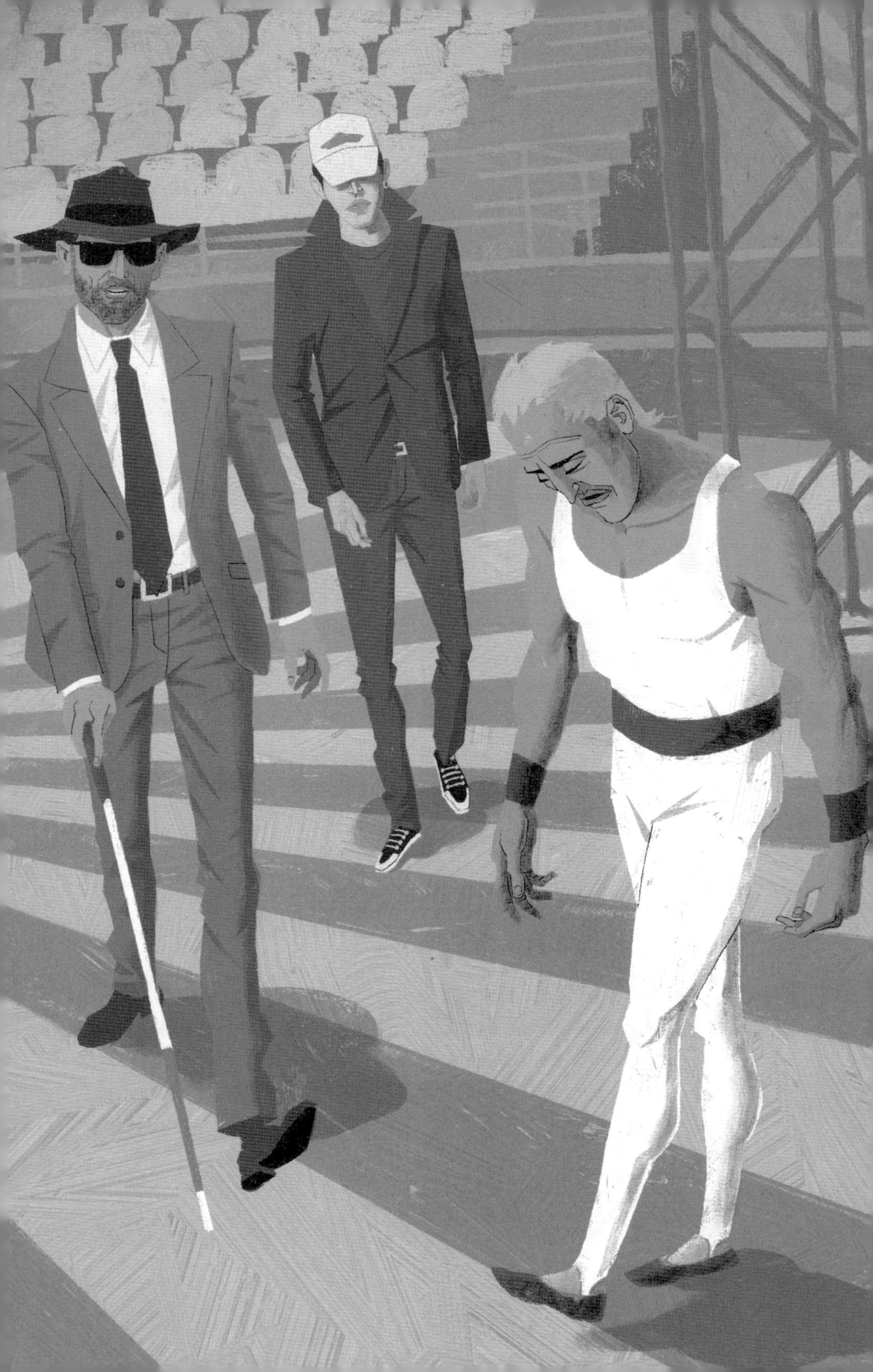

— Lembra de mim? — perguntei. — Vim pedir autógrafo ao Zoé, outro dia.

— Viu o que fizeram com o coitado? — lamentou o anão com sua voz também pequena.

— Quem você acha que fez isso?

— Vi dois homens entrando no *trailer* hoje cedo. Já contei à polícia.

— Como era a pinta deles? — perguntou o detetive.

— Fortões.

— Como orangotangos? — eu, agora.

— Mais ou menos. Uma hora depois o corpo de Zoé foi encontrado pelo homem-esqueleto e sua esposa, a mulher-barbada.

— Por que o teriam matado? — perguntamos.

— Zoé viveu no crime muitos anos — disse. — Todos aqui sabiam disso, ele não fazia segredo. Pertenceu à quadrilha de Tony Grand. Mas saiu da cadeia regenerado. O melhor profissional aqui do Samarra. As crianças o amavam. Acho que o mataram porque não quis voltar à marginalidade, ou porque conhecia os segredos da quadrilha.

— Obrigado, Meia-Sombra.

Tio Palha comentou:

— Você acertou na mosca. Tony morreu mas sua quadrilha está aí, agindo.

— Com a morte de Zoé perdemos o fio da meada. Não temos pista alguma — comentei.

Tio Palha ia dar um tapa na testa, mas interrompeu o gesto.

A ESCOLINHA INVADIDA

Quem invadiu a escolinha foi uma senhora gorda, muito nervosa, trazendo nas mãos um pulôver de tricô.

— Quero falar com madame Geni — implorou.

— Madame está em Paris. Não sabia que ela ganhou o troféu "A Melhor Tricoteira do Mundo"? Uma espécie de Oscar — disse Coca.

A notícia não consolou a invasora, que mostrou o pulôver.

— Veja! Não acerto fazer as mangas. Quero uma lição extra!

— O curso terminou — eu informei.

— Pago quanto pedirem. É para o aniversário de meu marido.
Desorientada, Coca protestou:
— Minha senhora, isto é uma escola, não um pronto-socorro de tricoteiras.
— Basta me dizer como fazer, eu aprendo depressa.
Tio Palha, que mesmo na escola usava chapéu, óculos escuros e bengala, correu em auxílio da secretária.
— Permita-me uma sugestão. Mangas estão um tanto fora de moda. Sabia? Além do mais neste ano o inverno não vai ser muito rigoroso, segundo os jornais. Considere o pulôver pronto. — E pegando um grande novelo de linha: — Aceite este brinde de nossa escola.
— Obrigada, senhor. Trabalha com madame Geni?
— Somos sócios. Acabo de abrir uma filial da escola em Hong Kong — informou tio Palha, conduzindo a ex-aluna gentilmente para a porta.
— Sempre que tiver um problema, apareça. Só nos dará prazer. Tchauzinho.
Após a saída da mulher do pulôver, Coca reabriu o livreto com o método de madame Geni.
— Preciso aprender logo a manejar as agulhas. Casos como esse podem se repetir.
O detetive estava preocupado, porém não com a escolinha.
— Se a agência continuar fechada terei de fazer o que fazia antes.
— E o que fazia antes? — perguntou Coca.
O detetive tentou lembrar, mas deu um branco na memória.
— Vamos sair — disse ele, pegando-me pelo braço. — Perdemos o fio da meada, mas alguém pode nos ajudar a encontrá-lo.

COISAS DA CIDADE GRANDE

Ignorava que tio Palha me levava para a delegacia cujo titular era o delegado Maranhão, conhecido seu a quem às vezes levava os casos mais complicados da agência.
O delegado nos recebeu com um ar enfarado, farto do mundo.
— Quem é o senhor? Não estamos dando donativos...
— Sou eu, seu amigo Geraldo Palha! O de boné é meu sobrinho Edu.

— Palha? O que aconteceu? Sofreu um acidente? Vamos registrar.

— Nada de acidente, Maranhão — esclareceu o detetive. — Isto é um disfarce. Edu sofreu uma tentativa de sequestro e invadiram minha agência. Tem gente querendo nos eliminar.

— Coisas da cidade grande, Palha! Mas que homens são esses?

— Gente da quadrilha de Tony Grand — disse o detetive.

— Ora, ele morreu há muito tempo e sua quadrilha foi totalmente desbaratada — garantiu o delegado. — Um dos últimos bandidos que trabalhavam para ele, Zoé, foi assassinado hoje.

Tio Palha mostrou a *Gazeta da Tarde* com a reportagem.

— Leia, Maranhão.

— Já li. Sensacionalismo barato. Sem o menor fundamento. Quem escreveu essa bobagem?

— Eu — confessei, deprimido.

— Tão jovem e já a serviço da imprensa sensacionalista! Quem lhe pôs essas ideias na cabeça? Nós liquidamos a gangue de Tony. Ou acha que estamos aqui para descansar? — perguntou o delegado, bocejando.

Tio Palha insistiu em seu ponto de vista:

— Meu sobrinho acertou em cheio. A quadrilha de Tony continua organizada e atuante.

Maranhão, irredutível:

— Fantasia! O jovem aí quer provocar comentários para se firmar como jornalista. Falar hoje de Tony Grand é pura ficção, histórias da Carochinha.

O detetive usou mais um argumento:

— Os entrevistados desapareceram, Maranhão. Acha apenas coincidência?

— Coisas da cidade grande — repetiu o delegado cansado da conversa.

— E como fica nossa segurança, Maranhão?

— Quer que eu escale dois policiais para proteger vocês durante alguns dias?

Policiais à porta da escolinha de crochê e tricô?

— Obrigado, Maranhão, mas acho que não é preciso.

— Se sofrerem nova violência, me avisem.

— Mortos não mandam recados — disse tio Palha. — Vamos embora, Edu.

Já estávamos à porta quando o delegado dirigiu seu conselho a mim:

— Escreva sobre amenidades, rapaz. Não torne o mundo mais feio do que já é. E nada de inventar histórias fantásticas, certo?
— Certo.

ONDE EU PENSAVA QUE A HISTÓRIA TERMINARIA

Sem pistas dos bandidos, sem contar com a boa vontade do delegado, e ainda condenado a passar todo o tempo na escolinha de crochê e tricô, decidi aproveitar as férias em Serra Negra.

— Vou telefonar para seus pais avisando — disse tio Palha.
— Prefiro fazer uma surpresa para eles.
— Eu o levo à rodoviária.
— Não, tio, antes tenho de passar pelo meu apartamento para pegar algumas roupas.

Dei um beijo de despedida em Coca, que já estava na metade da leitura do método, e um abraço forte no detetive. Francamente estava ansioso para espairecer no interior e mostrar aos meus pais a reportagem que o primogênito publicara na *Gazeta da Tarde*. Disse um tchau e com meu boné e paletó fui arrumar minhas tranqueiras.

No ônibus, relembrando o abraço no tio, senti que minha partida o aliviara. Não queria aguentar o peso da responsabilidade, caso os bandidos me fizessem algum mal. Mas eu me esquecera de perguntar se mesmo sem pista e sem amparo policial tentaria ainda localizar a quadrilha. Imaginei que não. Ficaria com Coca na escolinha por algum tempo até seu regresso ao antigo endereço.

No apartamento vazio senti um certo mal-estar, e por isso bem depressa tratei de jogar algumas roupas numa pequena mala, inclusive o boné e o paletó do disfarce, saindo já ansioso para dizer "cheguei" aos velhos, em Serra Negra.

Afastei-me do edifício e fui à esquina esperar um táxi que me levasse à rodoviária. Como não passava nenhum, logo lamentei não ter aceito a condução que tio Palha oferecera.

Ouvi passos.

— Você é aquele garoto curioso, não é? — perguntou o homem alto e gordo que ostentava um cravo na lapela, olhando-me lá de cima.

Não tive dúvidas: o figurão devia pertencer à quadrilha do falecido Tony Grand. Quem sabe, o novo chefe. Primeiro levei um susto, depois senti pavor.

— Não sou curioso, mas se o senhor pensa assim prometo me corrigir.

— Ótimo! — exclamou o facínora tirando um revólver deste tamanho da cintura. — Mas terá apenas trinta segundos para isso.

— Posso me corrigir em menos tempo — garanti.

— Ora, não tenha tanta pressa. Trinta segundos dá para se arrepender e ainda aproveitar um pouco mais a vida — rebateu o homem do cravo, fixando os olhos em seu relógio de pulso. Estava tendo início a contagem.

Outro homem se aproximou. Reconheci. Um dos orangotangos do sequestro, o que levara os dedos nos olhos! Foi logo dizendo:

— Se tentar fugir, mando bala.

Para mim aquilo não estava acontecendo, era só um pesadelo. E como não estava, me deixei levar até um carro, dobrando a esquina, o do primeiro "passeio". Ao entrar, ladeado pelos dois, reconheci o cara ao volante. A mesma nuca.

— Ia fugindo pra onde? — um deles perguntou.

— Eu, fugindo? Por quê?

Então o homem do cravo me deu um bofetão. Acordei e vi que não se tratava de pesadelo, pois em nenhum pesadelo uma bofetada dói tanto.

— Você não vai mentir mais, *espertchinho* — disse o do cravo. Dizia *espertchinho*, com um sotaque estrangeiro. — Só a verdade manterá você vivo.

Que verdade? Mas isso foi só pensamento para evitar bofetadas. Perguntei, apenas pra disfarçar o medo:

— Pra onde vão me levar?

A resposta foi uma pretíssima venda nos olhos.

TCHIN! TCHIMBÁ! TCHIN!

Acho que o carro rodou mais de uma hora, girando pelos mesmos quarteirões, só para me desorientar. Por que tanta cautela se iam me matar?

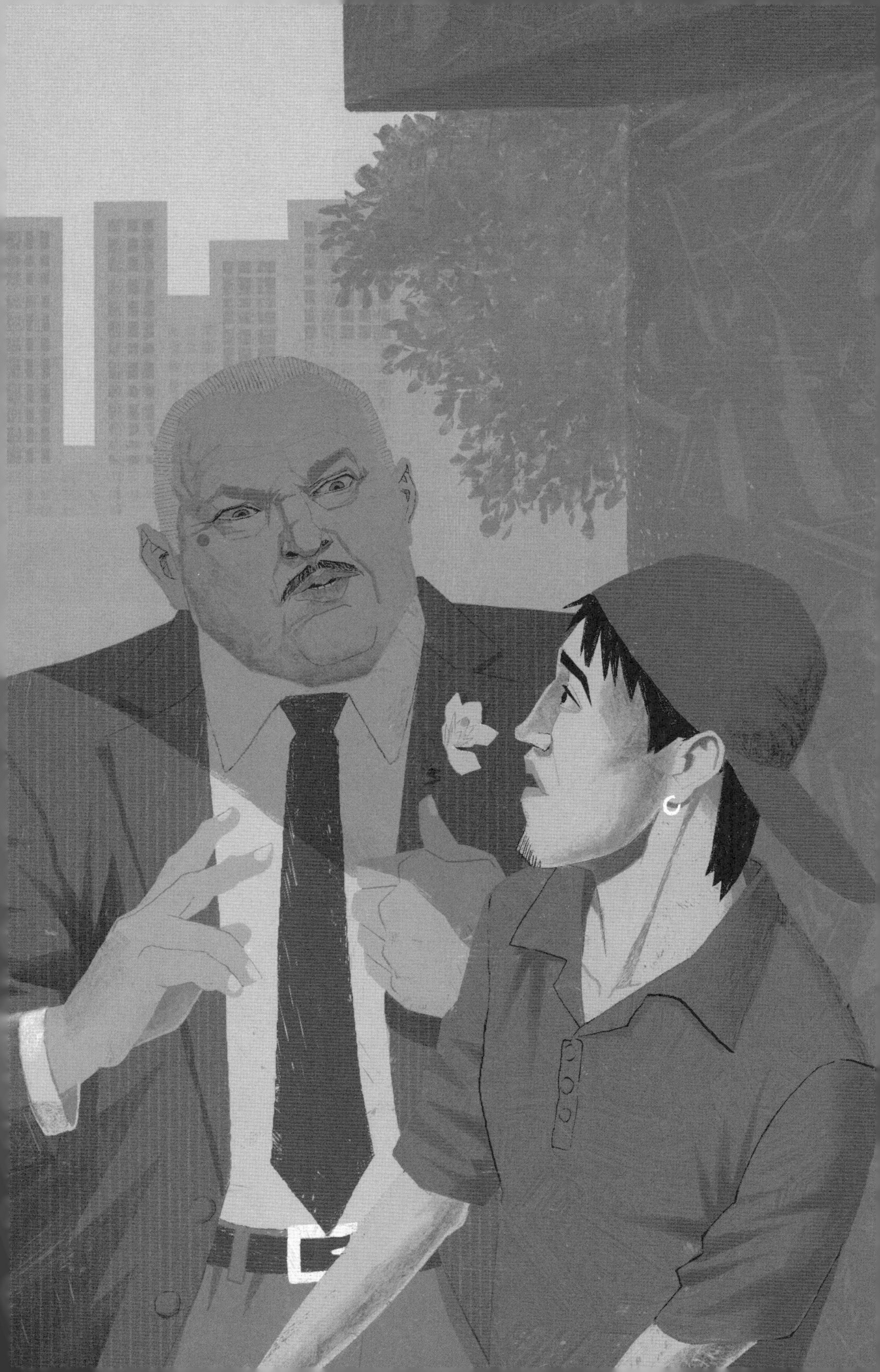

Quando o carro parou, meio zonzo fui conduzido pela mão. Tive a impressão de que me fizeram atravessar um longo salão, passando por um espaço ladrilhado cujo cheiro identificava uma cozinha. Depois me fizeram descer muitos degraus, difícil para mim, com as pernas bambas. Finalmente abriram uma porta emperrada e me empurraram.

Arrancando-me a venda, o do cravo disse:

— Comece a rezar, *espertchinho*.

Dei uma olhada no ambiente. Parecia um depósito, ou coisa assim, onde guardavam vassouras, uma enceradeira e material de limpeza. A luz vinha apenas de alguns retângulos translúcidos no alto do cômodo. Vi uma portinha, abri. Havia ali um vaso sanitário e uma pia. Onde estava, afinal?

Os bandidos não tinham pressa. Duas horas depois reapareceram. Pude vê-los melhor. O do cravo, altão, tinha mesmo cara de estrangeiro. Um bandido de filme. Os orangotangos eram bem mais baixos, mas encorpados. Um tinha a cara larga e os olhos um tanto repuxados. O outro, orelhas enormes e pescoço curto. Vestiam blusões coloridos. O primeiro, no entanto, usava paletó e gravata, muito elegante.

— Agora fale tudo — disse o do cravo.

— O que querem saber? — perguntei num fio de voz.

— Onde está seu tio? — quis saber o da cara larga.

— Abandonou o ramo e sumiu — informei.

— Onde ele mora? — perguntou o orelhudo.

— Morava na agência — respondi —, mas agora não sei.

O do cravo:

— Para onde estava indo, *espertchinho*?

— Para Serra Negra, onde meus pais passam as férias.

— Agora fale de suas entrevistas — exigiu o do cravo, taxativo.

Comecei pelo último dia de aula na faculdade, quando solicitaram aos alunos que fizessem um trabalho durante as férias. Tentando ser o mais convincente possível falei da sugestão que tio Palha fizera de uma reportagem sobre Tony Grand, da qual surgiram as entrevistas feitas com pessoas que o Adonias, do arquivo policial, indicara.

— Se era coisa de escola, como acabou saindo no jornal, *espertchinho*?

Difícil de explicar. Tentei.

— Meu tio levou a reportagem para um amigo do jornal, para que desse uma opinião sobre o trabalho. Queria o palpite de um profissional. E o cara publicou a coisa sem nos consultar.

Os três entreolharam-se. O do cravo era o mais descrente.

— Parece história inventada.

— Se perguntarem no jornal, ao chefe de redação, seu Jair, ele confirmará que foi assim mesmo.

Os três saíram, cada um com sua dúvida. Algum tempo depois a porta se abriu e me passaram um copo plástico, uma garrafa de água mineral e dois sanduíches. Tomei a água, comi um dos sanduíches e fui deitar numa esteira que encontrei num canto. Durante horas não ouvi nenhum ruído.

A luz do dia se apagava. Tateei a parede à procura de um interruptor, não encontrei. Em completa escuridão comi o último sanduíche e bebi o que restava da água. Sentia-me flutuando no espaço, com minha família me supondo em São Paulo e meu tio em Serra Negra. Podiam me matar tranquilamente. A desforra dos orangotangos.

À noite ouvi uma música distante e passos arrastados sobre o depósito. Uma banda de *rock* tocava animada e me pareceu que os passos eram de dança, impressão que logo virou certeza. Dançavam sobre minha cabeça: rocks. Lembrei dos índios que também dançam antes de sacrificar suas vítimas, embora não usem instrumentos eletrônicos.

Ouvi mais tarde a voz grossa e um tanto rouca de um cantor. O artista tinha um jeito próprio de cantar, misturando o pique do *rock* com o dos sambas de breque. Subia e baixava de tonalidade, ora frenético, ora sentimental. Após diversos números, palmas. Devia ser a atração principal do estabelecimento.

Mesmo se tivesse sono, o baile lá de cima não me deixaria dormir. Que zona! Mais de cem pessoas deveriam estar dançando. Muito mais tarde o cantor retornou, mais solto e mais rouco que da primeira vez. Fazia sucesso, o pessoal pedia mais. Cantava tão alto que aprendi a sua música mais aplaudida, uma doideira mais ou menos assim:

        Tchin Tchimbá-tchimbá!
        Uule-lá-lá

Tchimbá! Tchimbá!
Tchin!
Uuuuuuuule lá-lá!

Desta vez, além de palmas, batidas de pé. O público enlouquecera. Até eu cantei baixinho:

Tchin! Tchimbá-tchimbá!
Uule-lá-lá!

O DIA SEGUINTE

Dormi um pouco e acordei com a tênue luz do sol filtrada nos retângulos translúcidos. O café da manhã não foi o de um hotel cinco estrelas. O motorista orelhudo e seu colega trouxeram outro copo plástico com café e uma fatia de pão sem manteiga. Devia reclamar à gerência.

— Vamos querer toda a verdade — disseram. — Não estamos pra brincadeira.

Saíram e algum tempo depois voltaram com o homem do cravo, irritado.

— Você é um rapaz *espertchinho* — admitiu. — Mas sua esperteza acaba agora.

Eu, humilde:

— O que o senhor quer que eu diga?

— A verdade. O que vocês descobriram? Com que intento fizeram a reportagem? Onde estão querendo chegar?

Não entendia. Que significavam aquelas perguntas?

— A gente não queria chegar a lugar algum... Era só um trabalho de faculdade. Estudo Jornalismo.

O motorista, bem informado ou adivinhando, disse:

— Mas vocês foram à polícia.

— Fomos. Pedir proteção, depois que me apanharam. Aí tio Palha resolveu fechar a agência, e como cada um foi pro seu lado dispensamos guarda-costas. Juro que é verdade.

Num breve instante supus ter convencido os três, mas o homem do cravo ordenou:

— Tire a camisa, *espertchinho*.

— Não vai adiantar me torturarem — supliquei. — Nem imagino o que querem saber. Mas se me matarem a polícia vai virar a cidade de pernas pro ar à procura de vocês.

— A camisa — berrou o motorista orelhudo.

Mas o do cravo recuou.

— Melhor falar com o Boss.

De má vontade os orangotangos saíram com ele.

Boss, chefe, patrão, em inglês. Havia um *boss*, alguém que mandava mais que eles, que decidia. Minha esperança era que o Boss fosse mais sensato.

Ou ele não estava lá, ou também não sabia o que fazer comigo. Os três demoraram a reaparecer. Enquanto esperava, cantarolei:

>Tchin! Tchimbá! Tchimbá!
>Uule-lá-lá!
>Tchimbá!

Reapareceram só os orangotangos com o almoço: feijão, arroz, picadinho de carne e um garfo. Medo não tira fome, comi. A sobremesa foi o retorno do homem do cravo com um charutão aceso, acompanhado pelos dois.

— Tire a camisa, *espertchinho* — voltou a ordenar.

Achei que iam me queimar com a ponta do charuto. Peito nu, fechei os olhos. Senti o calor da ponta acesa. Devia ser proibido fumar naquele recinto. Recuei milímetros, os outros me seguraram. Novamente a proximidade da brasa.

— Vou fazer um furo em você.

— Por favor, não me queime — implorei.

— Então se abra, *espertchinho*.

Fazendo uma voz de garoto xarope, comecei:

— Escolhi um assunto sensacional pra impressionar uma tal de Anabel. Queria que soubesse que me metera com bandidos perigosos. Um pouco de papo ajuda pra se ganhar uma garota. Concordam?

O do cravo me enfiou o charuto no peito. Apenas calorzinho, tinha apagado. O orangotango-chefe procurou fósforos ou isqueiro nos bolsos. Não encontrou. Estendeu a mão para o motorista.

— Fogo.

— Deixei de fumar há um mês — disse o outro. — Estava me irritando a garganta.

— Também não tenho fósforos — informei educadamente. — Posso vestir a camisa, senhor?

Ninguém respondeu e tornaram a sair. Imaginei um novo papo com o Boss. Ouvi vozes e encostei o ouvido na porta. Estavam discutindo. Os dois orangotangos eram os que falavam mais: — Pode deixar que matamos o garoto — parece que ouvi. A outra voz, com certeza do Boss, tinha o tom das ponderações, de quem pesa prós e contras, evitando precipitações incorrigíveis. — Ele nem sabe onde está — ouvi com clareza. E dentro de mim um ribombar tremendo: meu coração.

Os três voltaram chateados. Tinham se desentendido com o Boss, evidente. O do cravo foi quem falou.

— Sabe que lugar é este?

— Como posso saber? Me puseram uma venda nos olhos.

O motorista tirou a venda do bolso e, novamente, a escuridão.

— Vamos acabar com você — disse, para me assustar.

— A última reportagem que fiz pra faculdade recebeu um zero — repliquei —, mas nunca pensei que me matassem por causa de uma.

— Você não é bom da cabeça — disse o do cravo, conduzindo-me.

— Isso é verdade — concordei. — Já estive numa espécie de hospital e me deram choques na cabeça. Às vezes sonho que sou um espinafre. Há algo errado comigo.

Empurraram-me para a porta e pegaram-me pela mão quando tive de subir os degraus. Passei pelo espaço ladrilhado, a cozinha, e pelo salão imenso onde nossos passos faziam eco.

Para que não temessem que mais tarde pudesse identificar o local, saí com esta:

— Isto é uma quadra de basquete, acertei?

— Um centro espírita — responderam. — Ir daqui para o céu é um pulo.

Foi gostoso sentir-me na rua, prazer seguido de um empurrão que me jogou para dentro do carro. Meus pés tocaram minha mala, ainda lá. Depois começaram os giros para me despistar. Não estava com medo. Quem é levado para morrer não é avisado. Os filmes de gângster são assim.

Afinal o carro estacionou. Abriram a porta e um deles me fez sair.
— Vamos soltar você — disse o orangotango-chefe. — Mas se abrir a boca terá o mesmo fim que Zoé e os outros.
— Não abro, não. Podem acreditar.
— Segure a mala e vá em frente. Só tire a venda quando não ouvir mais o carro. Você é um rapaz de sorte, *espertchinho*. Ainda acaba ganhando na loteria.

Dei uns passos e quando o carro já estava longe arranquei a venda. Que bom ver a luz e sentir o sol na pele. Tivera mesmo muita sorte. O Boss me salvara. Olhei ao redor: era uma rua típica da periferia. Se tivesse juízo iria diretamente para a rodoviária, mas como não tenho mesmo boa cabeça, segundo meu próprio depoimento aos bandidos, fui à procura de um táxi a fim de me desabafar na escolinha de madame Geni.

LEMBRAM DE MIM? SOU UM TAL DE EDU

Empurrei a porta da escolinha... e o que vejo? Outra cena proibida para menores: o chefe beijando a secretária, reprise de uma anterior, só que interpretada com mais capricho. Tossi.
— Lembram de mim? Sou um tal de Edu.
Um balãozinho com uma interrogação ergueu-se da cabeça dos dois.
— Veja quem está aqui! — exclamou Coca Gimenez.
— As coisas em Serra Negra estão tão ruins assim?
— Não estive em Serra Negra.
Os dois:
— Não???
— Passei 24 horas abaixo do nível do solo.
— Todo esse tempo passeando de metrô? Explique isso, sobrinho.
— Fui capturado. Mas não se preocupem. Tudo indica que escapei com vida, a não ser que eu seja um mentiroso.
— Pelo amor de Deus, conte tudo! — implorou a secretária.
Contei tudo, tudo, sem fazer intervalo para os comerciais.
— Estranho não terem matado você! — comentou o detetive.

— Obra de Deus! — exclamou a secretária, olhando para o alto.
— O tal Boss parece ter mais cabeça que seus comandados.
— Quem seria esse Boss? — perguntou Coca.
— Estive muito perto dele, mas não faço ideia.

O detetive ficou matutando, fora de sintonia. Como fazia falta um cachimbo naquele momento! Deu um tapa na testa para acionar as ideias.

— Como era mesmo a música?
— A que ouvi durante a noite? Era mais ou menos assim:

> Tchimbá! Tchimbá! Tchin...
> Uule-lá-lá!
> Tchin!
> Tchimbá! Tchimbá!
> Uule... lá-lá.

— Não gosto da música, mas a letra é ótima! — exclamou Coca.

Meu tio:

— Você disse um cantor de voz rouca?
— Talvez um cantor negro, cheio de bossa. Devia ser a grande atração da casa, muito aplaudido.

O detetive concentrou-se, desenrolou por um momento o pôster, encarou o leão sisudamente e concluiu:

— Temos de encontrá-lo.
— O cantor do tchimbá-tchimbá? Por quê? Ele não é assim tão formidável.

Tio Palha fez uma pausa e explicou:

— Só ele nos levará ao tal Boss, o chefe da gangue. Fui claro?
— Mas como, se nem sei onde estive?
— Esteve preso no porão de uma danceteria, não é?
— Disso não tenho dúvida.
— Pois é, só resta localizá-la.
— Há centenas na cidade.
— Mas a maioria situada na região central. E quanto às danceterias dos bairros, só deve existir uma com um cantor negro que cante esse tchimbá-tchimbá. Certo?

Peguei a mala pela alça.

— Tio, já saltei desse barco. Voltei só pra saber quando começa o novo curso de tricô.

— Deixe essa investigação por minha conta, Edu. Madame Geni está tão grata por termos tomado conta da escolinha que me emprestou seu carro. É preciso de um para rodar a cidade.

— Vou com você – aderiu Coca. — Adoro ambientes alegres, com muita música. O que precisamos é de uma relação desses lugares.

O detetive Palha pensava em tudo:

— Há um órgão oficial que controla as atividades musicais dessas casas, recolhendo uma taxa para os compositores. A sede é aqui perto. — E voltando-se para mim: — Edu, desta vez o levo mesmo à rodoviária. Vamos.

— Espero o senhor aqui, tio. Me deixe matar saudade de Coca. Tá?

O TRICÔ E O FIO DA MEADA

Coca me contou que para iludir os bandidos tio Palha até publicara um anúncio da escolinha. E quando os candidatos ao curso chegavam ela vendia o método de madame Geni, ao invés de oferecê-los gratuitamente como fazia antes.

— E como se arrumarão quando começarem as aulas? — perguntei.

— Elas só começarão daqui a um mês. Mas tricô não é difícil. Sabe que estou fazendo um pulôver para seu tio?

— Com ou sem mangas?

Rapidamente o detetive retornou com uma longa lista de nomes e endereços de danceterias.

— O seu cárcere, Edu, está nesta lista. Agora vamos à rodoviária.

— Perdi o último ônibus. Embarco amanhã cedo.

— Não poderemos lhe fazer companhia, Edu. Temos trabalho.

Aí me ocorreu:

— O que um cego de bengala vai fazer num salão de dança?

— Não se preocupe com isso. Vamos. Vai passar a noite no meu apartamento. Não espere por mim, voltarei tarde.

A LONGA NOITE DE ESPERA

Enquanto havia programas na televisão foi até fácil esperar por tio Palha em seu minúsculo apartamento, mas mesmo antes de ligar a tevê fiz uma coisa...
— Alô, quem fala?
— Anabel.
— Adivinha quem é?
— Um chato chamado Edu.
— Que é isso, ideia fixa? Pensa em mim o tempo todo? Confesse.
— Saiba que detesto algodão-doce.
Clic.
O que ela estava pensando? Que era a única garota bonita do mundo? Dei uma risada um tanto curta e fui à cozinha fazer um sanduíche. Depois, cama. Já amanhecia quando ouvi um ruído e levantei assustado.
Havia um cego de bengala no quarto, com um sombreiro na cabeça.
— Qual o disfarce?
— Um cego mexicano não chamaria ainda mais a atenção?
Tio Palha não respondeu. Parecia desanimado.
— Rodamos mais de 100 quilômetros e entramos em não sei quantas danceterias. E nada do seu cantor negro.
— Melhor desistir, tio. A ideia é furada.
— Vamos dormir. Mais tarde o levo à rodoviária.

O CEGO MEXICANO ATACA OUTRA VEZ

Acordamos tarde. Eu e tio Palha já estávamos de saída para a rodoviária quando tocaram a campainha: Coca. Trazia a lista de danceterias na mão.
— Fiz uma limpeza nesta lista. Ontem perdemos tempo indo a lugares errados.
— Como é que fez a seleção?

— Já inventaram o telefone, sabia? Telefonei para um monte de endereços perguntando que gênero de música se dançava lá, se tinha banda própria, cantores, e veja como reduzi a lista.

— Belo trabalho, Coca! Agora vamos à rodoviária.

— Estou com fome, tio, ontem só comi sanduíches.

— Então podemos almoçar aqui perto e depois partir.

No restaurante, eu, o cego mexicano e a loira extravagante encaramos um tremendo rodízio de churrasco.

— Localizando o lugar, o que pretende fazer, tio? — perguntei.

— Detetive é como artista, age por inspiração — respondeu tio Palha, revelando um procedimento único em sua profissão.

— O mais sensato é avisar a polícia.

— Quer que divida meus trunfos com a polícia? Além do mais uma pessoa sensata não enfrenta um leão como eu fiz. Vamos pegar o ônibus.

— Comi tanto que não vou aguentar viajar agora — disse. — Me faria mal.

Fomos à escolinha de madame Geni, onde Coca logo deu outros telefonemas para resumir ainda mais sua lista de danceterias. Restavam: Canto da Lua, Clube da Lanterna, A Girafa, Roque e seus Roqueiros, Me Myself and I, Boys meet girls, Vamos nós, Saloon...

— Já digeriu o almoço? — perguntou-me o detetive.

— Estive pensando, tio, se apanharem vocês, quem chamará a polícia?

— Ele tem razão, Gê. Melhor que fique no apartamento.

Sugestão aprovada.

O CANTOR NEGRO

Morri de inveja ao ver tio Palha e Coca partirem novamente para a aventura noturna. Eu teria de amargar mais uma noite vendo televisão e comendo sanduíches. Mas fiz duas ligações. Uma para Serra Negra, quando falei com meu pai e minha mãe e outra...

— É você, Rolando? Por que demorou tanto pra telefonar?
Clic.

Desta vez não fui dormir, esperei que o cego mexicano e sua guia voltassem. Tio Palha me contou que no salão A Girafa viram um cantor negro que poderia ser o que eu ouvira do porão.

— É ele! — exclamou tio Palha de sua mesa de pista.

— Esperemos que cante o tchimbá-tchimbá.

Acabou o *show* e ele não cantou. Mas quando o cantor voltou ao palco para agradecer os aplausos, o detetive ergueu-se e exigiu:

— Cante o tchimbá-tchimbá!

O cantor negro não deu atenção ao pedido e saiu do palco. O detetive e a secretária foram abordá-lo num corredor da danceteria.

— O que vocês querem? — perguntou intrigado.

— Que cante o tchimbá-tchimbá.

— Não conheço.

— Conhece, sim. Vamos cantar para você.

Tio Palha e Coca em dueto:

> Tchimbá-Tchimbá!
> Tchin!
> Uulê-lá-lá.
> Tchin!
> Tchimbá! Tchimbá!

O cantor negro sacudiu a cabeça.

— Não conheço.

— Se lembrar lhe dou uma grana — prometeu o cego mexicano.

— Nunca ouvi essa música — garantiu o cantor, de cara fechada, afastando-se.

Voltando ao carro de madame Geni, tio Palha fez um juramento:

— Amanhã faremos o último giro pelos salões. Cansei.

É ELE! É ELE! O CANTOR!

Na noite seguinte, vendo que tio Palha e Coca se aprontavam para a última tentativa de localizar a danceteria-prisão, perguntei:

— Que disfarce devo usar?

— Vai vestir o pijama e se disfarçar de dorminhoco.

Coca foi menos radical.

— Vamos dar uma chance a ele.

— Não — berrou titio-detetive. — Ele é muito conhecido dos bandidos.

— Posso dar um jeito — garantiu Coca. — Nem você o reconhecerá.

Coca era maquiadora, como já disse. Abriu sua caixa e trabalhou quase uma hora em meu rosto. Olhando no espelho nem me reconheci.

— Quem é esse cara? — perguntei.

— Um *punk* da periferia.

— Esses cabelos espetados são horríveis!

— Vi diversos *punks* nos salões em que estivemos — disse ela. — Se vestir uma calça velha e cortar fora as mangas da camiseta ficará perfeito.

E fiquei mesmo. Um *punk* perfeito! Até tio Palha aprovou.

Às 10 já estávamos no carro de madame Geni, correndo os salões.

— Vejam! Um cantor negro! — exclamou Coca quando entramos no terceiro salão.

Fiquei atento. Mas a voz dele não era a que eu ouvira.

— *Sorry*, não é quem procuramos.

Fomos a mais três salões e decidimos que o próximo seria o último. A casa se chamava Montanha de Ali, alusão à história de *Ali Babá e os quarenta ladrões*, um casarão simpático, cheio de janelas, que a julgar pelo entra e sai era um ambiente alegre e badalado.

Acomodados a uma mesa assistimos a um *show* inteiro, desesperançados. O cego mexicano bebia cerveja quando anunciaram o número de encerramento, já de madrugada. A cantora não era, porém, nenhum negro, mas uma mulher baixota e gorducha.

— A conta — pediu o detetive.

— Foi tudo perda de tempo — lamentou Coca.

Já saíamos do salão, passando entre as mesas, quando ouvimos:

Tchimbá! Tchimbá!
Tchin!
Uulê-lá-lá
Tchimbá-tchimbá!

Meia-volta e nos aproximamos do palco. O público reagia entusiasmado. Com sua encorpada voz masculina ela cantava e saltava como um canguru. Curioso, o medo que eu sentira no porão voltou, e meu impulso foi o de correr para fora.

— Foi o que você ouviu? — perguntou o detetive.

— Foi.

Tchimbá! Tchimbá!
Ali-Ali Babá!

Venham à Montanha de Ali
Uulê-lá-lá.

Era uma criação especial para a casa, um número exclusivo, daí não ser conhecido pelos outros cantores.

— Você disse que passou por um chão ladrilhado, talvez uma cozinha — lembrou o cego mexicano.

— Devo ter passado por aquela porta — indiquei.

Tio Palha, sem a bengala, afastou-se e no finalzinho da música voltou para confirmar:

— Tem de fato uma cozinha e no final uma escada.

Coca, como se fosse a fã número um, foi abraçar a cantora. Trocaram algumas palavras, depois voltou para junto de nós com informações.

— Ela chama-se Paola com "o". Está hospedada no hotel Tebas, onde poderei entrevistá-la, se for necessário.

O medo não passara, queria sair.

— Vamos embora, pessoal, está muito calor, não acham?

Gentilmente os dois concordaram, estava calor, e saímos. Tinha a impressão de que os sequestradores me espreitavam.

Só fui respirar no carro.

NO HOTEL TEBAS: PAOLA COM "O"

O Tebas era um hotel modestíssimo. Sua única estrela era Paola com "o", que à luz do dia ficava ainda mais baixota e gorducha. A ideia da entrevista fora de Coca, mas quem pisava o exíguo saguão do hotel era um senhor gordo e ruivão, cabelos quase vermelhos, que nem a própria mãe diria tratar-se do detetive particular Geraldo Palha.

Paola, avisada pelo interfone, logo apareceu com um vestido que tinha mais cores que um arco-íris. Perguntou ao meu tio:

— Quem é o senhor?

— Matias Mateus, empresário e seu admirador. Outra noite estive na Montanha de Ali e fiquei impressionado com suas qualidades vocais. Aquele número final do *show* é qualquer coisa de espetacular.

Montanha de Ali

Paola fabricou seu melhor sorriso e quis saber:
— Está interessado em me contratar?
— Sim, para uma turnê por toda a América Latina. Seria uma glória!
A cantora gostou de ouvir a proposta, mas...
— Infelizmente ainda tenho mais de um mês de contrato no Ali.
— Quem a contratou? — perguntou o empresário. — A senhora Bruna?
— Assinei com o senhor Bristol.
— Por acaso não é um cavalheiro que usa sempre um cravo na lapela?
— Esse mesmo. Um tipo bastante alto.
O detetive tinha de insistir nisso:
— Bruna também não é sócia?
— Não conheço lá nenhuma mulher com esse nome. Sei que Bristol não é o único dono, há também outro, mas deste não sei nem o nome.
Matias Mateus beijou a mão da estrela.
— Vale a pena esperar por uma cantora talentosa como você. Vai ser uma magnífica turnê! — E despedindo-se, cantarolou: — Tchimbá-tchimbá! Tchin... Uulê-lá-lá.
Depois que tio Palha relatou a entrevista com a roqueira gorducha, Coca deu sua opinião:
— Já que temos o endereço dos bandidões, por que não passá-lo à polícia?
— Nada de precipitações. Quero descobrir sozinho quem é o Boss. Sherlock Holmes nunca pediu proteção à Scotland Yard.
— Você descobriu que o homem do cravo é um dos donos da danceteria, mas sendo ele um delinquente, duvido que o lugar esteja registrado em seu nome — ponderou a secretária.
A ponderação não abalou o empresário-detetive.
— Quem sabe o nome dos verdadeiros donos é a Prefeitura. E estou cheio de amigos lá dentro. Um caso que posso esclarecer até por telefone. Querem ver?

OS BONS VELHINHOS

Ao desligar o telefone o detetive já tinha a informação correta. Os proprietários do salão eram Antônio e Rosa de Oliveira, nomes comuns demais para estarem envolvidos num enigma. De posse do endereço, o empresário se pôs em ação. Meia hora depois estacionava diante de um casarão caindo aos pedaços, em cuja entrada se lia, numa placa quase apagada: "Pensão familiar". Transpôs o portão e viu uma empregada de avental.

— Seu Antônio e dona Rosa são os donos da pensão? — perguntou.

Risinho.

— Imagine, coitados! Moram no quarto dos fundos — indicou.

O gordo empresário, que era o magro tio Palha, foi até o tal quarto e bateu.

— Entre — ouviu uma voz de mulher idosa.

O detetive entrou e viu um velho na cama e uma velha que lhe massageava a perna com um unguento de cheiro ardido.

— Seu Antônio e dona Rosa?

Sem interromper o trabalho, a velha respondeu:

— Desculpe não poder apertar sua mão.

— O que aconteceu com ele? — perguntou Matias Mateus.

— Escorregou no quintal.

— Será que não quebrou nenhum osso?

Tio Palha fora enfermeiro, durante uma única semana, mas fora. Examinou a perna do homem com ares de entendido.

— Não quebrou. O importante agora é repousar e nada de dançar *rock* na Montanha de Ali.

Os velhos ficaram ressabiados. Ela:

— Quem é o senhor?

— Esperem, não estou entendendo — disse Matias Mateus Palha. — Vocês são donos de uma mina de ouro, o maior salão de danças da região, e moram neste quartinho? Essa não dá pra entender.

Seu Antônio trocou a dor na perna por uma preocupação maior:

— Quem é mesmo o senhor?

— Sou um empresário e queria discutir com vocês um certo contrato.

— Não é com a gente — disse o velho.

— Mas não são os proprietários da Montanha?

— Nem sabemos onde é o salão — disse a mulher. — Isto é... — tentou corrigir, mas não conseguiu, embaraçada.

— São proprietários de um salão que nem conhecem?

Os dois ficaram superaflitos e o jeito de sair da enrascada foi esclarecendo tudo, como fez dona Rosa:

– Somos donos só nos papéis.

– Entendo – disse o falso gordo. – Em troca recebem um dinheirinho para ir levando, certo?

– Não há mal nisso – defendeu-se o velho. – Ou há?

Tio Palha tranquilizou o casal com um sorriso.

– Há pessoas que não podem aparecer... Mas quem são os verdadeiros proprietários?

Já que haviam começado, prosseguiram:

– Um tal de senhor Bristol. Íamos ser despejados por não poder pagar o aluguel quando ele apareceu, salvando a gente. Era só assinar uns papéis e receber um tanto por mês. Caiu do céu.

– E eles são muito pontuais – acrescentou dona Rosa.

– Disse eles? Então Bristol tem sócios.

– Uma senhora, geralmente quem traz o dinheiro.

– Como se chama?

– Num dia em que vieram juntos seu Bristol a chamou de Bruna.

Bruna, irmã de Tony Grand, provavelmente a Boss, chefe da quadrilha.

Tio Palha já ia embora.

– Continuem com a massagem. Podem estar certos de que não quebrou nada.

O velho tinha direito a uma pergunta:

– E o senhor, quem é?

– Meu nome é Elesbão, sou mágico. Elesbão é um nome feio mas não chega a ser palavrão. Pode ser dito na presença de crianças.

TROCANDO FIGURINHAS

Eu, o detetive Gê e sua secretária Coca Gimenez nos reunimos na escolinha para concluir e quem sabe planejar.

– Bem, já sabemos que a quadrilha de Tony Grand está vivíssima e sediada na Montanha de Ali – disse Palha, outra vez com um visual de espantalho, sem o disfarce de Matias Mateus. – Já identificamos como membros da gangue o elegantérrimo Bristol, os dois orangotangos, a irmãzinha Bruna, Mossoró...

— E há um chefe, o Boss, ainda não identificado — lembrei.
— Que para mim é a própria Bruna — apostou Coca.
O detetive não disse sim nem não, conjeturando noutra direção.
— Mesmo ignorando quem é o Boss podemos traçar seu perfil. É um cara muito prudente. Se fosse precipitado teria ordenado sua morte, Coca, quando estiveram aqui, e a sua, Edu, quando o prenderam no porão.
— É verdade — concordei. — Mas quando se trata de matar para proteger a quadrilha, não hesita. O Zoé está de prova.
— Um que devia saber demais — disse o detetive. — Outro dado de seu perfil é a discrição. Paola, mesmo trabalhando na Montanha de Ali, não sabe quem ele é. Os velhinhos da pensão também não sabem. Nem mascarado apareceu diante de Edu. Pode ser um figurão respeitadíssimo da sociedade...
— ... ou da polícia — acrescentou Coca. — Por que não?
Vendo que as suposições não levavam a nada, lamentei:
— Que ideia o senhor me deu de fazer aquela reportagem. Melhor escrever sobre vendedores de algodão-doce.
Tio Palha me olhou com a maior gratidão. Abraçou-me.
— Obrigado, sobrinho.
— Obrigado por quê?
— Ainda pergunta? Você me deu a chave. Vou à luta — disse, saindo a jato.
— Aonde ele vai? — perguntou Coca.
— E eu sei? — respondi.

O VENDEDOR DE ALGODÃO-DOCE

Horas depois alguém telefonava para a escolinha.
— Estou no orelhão aqui embaixo, desçam.
Descemos. Na rua, diante do edifício, não havia nada nem ninguém que nos chamasse a atenção. Gente passando, carros, ônibus e... o que mais? De diferente, apenas um vendedor de avental diante de um carrinho metálico que produzia uma espécie de neve grudenta — algodão-doce! Eu conhecia aquele ambulante!
— Olá, crianças — saudou-nos tio Palha, entregando a mim e a Coca uma porção de algodão. — Hoje não vou cobrar. Oferta da casa.

Eu e Coca queríamos rir, mas havia perguntas a fazer.

— Onde arranjou o carrinho, tio?

— Aluguei por uns dias. Seu dono me ensinou como se faz esta delícia. Não queria entrevistar um vendedor de algodão-doce, sobrinho? Vá em frente, mas seja breve. Preciso ir para o meu ponto.

— Onde é esse ponto?

— Em frente de uma danceteria chamada Montanha de Ali.

Eu e Coca trocamos olhares.

— O que pretende fazer lá? — ela perguntou.

— Fotografar os que entram e saem no período da tarde. À noite aquilo vira apenas um salão de danças. Tchau.

Tio Palha enfiou o carrinho no porta-malas do carro e partiu. Voltamos à escola. Ao abrirmos a porta a primeira coisa que vi foi uma comprida piteira e na ponta um cigarro aceso. Quando acabariam os sustos?

QUEM ESTAVA ATRÁS DA PITEIRA?

Atrás da piteira estava uma senhora idosa e extremamente elegante.

— Como entrou aqui? — perguntou Coca.

— Com a minha chave.

— A senhora tem a chave daqui?

— E por que não teria? Sou madame Geni.

Relaxamos.

— Madame Geni!

— Me deu saudade da escolinha. Estive dando uma olhada nesta lista. Que nomes são esses?

— São os alunos que pediram inscrição para o próximo curso. Palha quer lhe devolver a escola repleta de alunos.

A francesa sorriu:

— Que homem *charmant* é o detetive Palha! Certa vez percorreu a cidade toda para encontrar meu lulu-da-pomerânia, perdido num *shopping*. Um encanto de pessoa.

Coca, um tanto enciumada, apenas concordou:

— Ele sabe despertar simpatias.

— Atualmente anda envolvido em algum caso misterioso? – indagou madame Geni, curiosa.

— Não – respondi em cima. – Sua paixão agora é tricô e crochê.

Não acreditando em mim, madame comentou:

— Se está, certamente não fará alarde. O sigilo é o grande trunfo de um detetive. Bem... estava só de passagem. – E olhando para aquilo que eu e Coca ainda segurávamos: – Algodão-doce! Quem diria que ainda se vende isso na cidade! Abraços ao detetive Palha. Tão *charmant*! – E desapareceu com sua piteira, cuja fumaça desenhava uma interrogação.

Naquele clima de mistério em que vivíamos, exclamei:

— Que mulher estranha!

— Pensei que madame Geni fosse uma velhinha menos exibida.

Esperamos tio Palha até o final da tarde. Depois, fomos esperá-lo em seu apartamento, Coca levando refrigerantes e sanduíches. Sabíamos que ansiedade dá fome. Foi uma longa e apreensiva espera até que o detetive apareceu.

— Fui revelar as fotografias no laboratório de um amigo.

— Vendeu muito algodão-doce? – perguntei.

— Consegui um bom freguês na Montanha de Ali. Deve ser um dos orangotangos, pela descrição que fez.

— Vamos ver as fotos – pedi, apressado.

A primeira era de Bristol, com o cravo na lapela, entrando na casa.

— Conhece, não?

— Claro.

— E este?

Coca manifestou-se antes de mim:

— Um dos que me amarraram.

— Dirigia o carro nas duas vezes em que me pegaram – confirmei.

Terceira foto:

— Outro que me amarrou – disse Coca.

— Também participou dos dois sequestros. O de cara larga. Fotografou os três homens que me prenderam no porão, tio.

— Há outro modelo fotográfico que talvez reconheça – prosseguiu o rei do algodão-doce mostrando a foto de uma mulher. – Já viu essa gracinha em algum lugar?

Tio Palha fotografara Bruna Grand descendo de um carro.
— A irmã do falecido! — exclamei.
— Que para mim é a chefona — apostou Coca.
— Mais alguém?
— Um vendedor de algodão-doce não é um lambe-lambe. Amanhã voltarei ao meu posto. Quem sabe consigo fotografar o Boss?
Coca, recolhendo as fotos, lembrou:
— Sabe quem esteve na escolinha? Madame Geni.
— Madame Geni?! — exclamou o detetive.
— Por que o espanto, Gê?
— Ela me disse que ia viajar e que só voltaria no final do mês!
— Para nós não falou em viagem — disse. — Eu não imaginava que ela fosse tão bonita e sofisticada!
— Bonita e sofisticada? — admirou-se novamente tio Palha. — Será que estamos falando da mesma pessoa?
Mudei de assunto com uma pergunta ansiosa:
— Depois de completar seu álbum de figurinhas, qual será o próximo passo?
O rei do algodão-doce respondeu sério:
— Nunca se sabe qual será o próximo passo de um grande detetive. Perderia a graça.

MAIS ALGODÃO-DOCE

Já que tio Palha passaria o dia todo fora da escolinha, Coca aproveitou parte da tarde para fazer compras. Eu, sem nenhum disfarce, fui à lanchonete frequentada pelos colegas da faculdade.
Júlio veio logo com gozação:
— Está escrevendo sobre os vendedores de algodão-doce?
— Estou. É emocionante.
— Emocionante? — ele estranhou.
— Quando eu apresentar o trabalho vão ficar boquiabertos.
— Claro, ninguém come nada com a boca fechada.
Suportei a piadinha e me afastei porque Anabel acabava de entrar, usando botas. A gata de botas. Não esperava que meu coração fosse dar aquele disparo.

— Olá, Anabel!

— Você está proibido de telefonar pra minha casa.

— Você é muito gentil, Anabel. Quase me faz chorar de emoção. Mas agora estamos conversando ao vivo e não pelo telefone. Posso lhe oferecer alguma coisa?

Ela esperava por alguém, que chegava.

— Rolando, como você demorou!

Abraçaram-se e beijaram-se. Não conhecia o tal Rolando. Um sujeito horrível: alto, loiro, olhos azuis e cabelos ondulados. Outras garotas na lanchonete olharam interessadas para ele. Viam o quê no cara? Não pensem que me aborreci. Apenas dei um pontapé numa lata de cerveja, que voou até a Lua.

Alguém louvou o feito esportivo: o professor Rubens.

— O que há, Edu? Nervoso porque não consegue fazer a reportagem?

Tive de me conter para não desferir o segundo pontapé.

— Minha reportagem vai fazer a faculdade tremer nas bases.

— Algodão-doce é um tema tão sensacional assim? — ironizou.

— Tão sensacional que talvez todos os jornais publiquem a reportagem — ironizei.

Voltei ao apartamento. Coca chegou logo depois com uma sacola de coisas gostosas. Já era noite quando o detetive abriu a porta.

— Bateu novas fotos? — perguntei.

Mostrou a primeira.

— Reconhece este?

— Mossoró — reconheci. — A gangue está completa.

Tio Palha não se mostrava muito satisfeito.

— Está faltando o Boss, o mandachuva. Mas não entrou nem saiu ninguém com cara de chefe. Apenas os empregados.

— Isso prova que algum dos nossos conhecidos é o Boss — argumentou Coca.

— Bristol e os dois orangotangos não — disse eu. — Recebem ordens, segundo o que eu ouvi.

— Restam Bruna e Mossoró. Fico com Bruna — palpitou Coca.

Levantei outra hipótese:

— Pode ser que o Boss nunca saia do salão. Vive nos porões, como naquele filme que vi na televisão, *O fantasma da ópera*.

Coca exigia providências imediatas:

— Vá procurar o delegado Maranhão, Gê. Agora você já sabe onde a quadrilha se reúne. É só chegar e prender.

— Pra mim é cedo.

— O que vai fazer, então? — perguntei. — Vender mais algodão-doce?

— Devolvi o carrinho. Parece que não ia longe na profissão.

A interrogação continuava no ar.

— Você não tem plano algum na cabeça? — quis saber a secretária de cabelos loiros.

Ao ouvir a palavra "cabeça" o detetive recorreu ao expediente que sempre dava resultado: deu um tapa estalado na própria testa.

Eu e Coca ficamos na expectativa de que o cérebro de Geraldo Palha, sacudido pela pancada, voltasse a funcionar.

— Alguma ideia? — perguntou Coca.

— Não ainda — respondeu o ex-vendedor de algodão-doce. E sem mais palavra, com muita agilidade, fincou as mãos no chão e ergueu as pernas para o alto, plantando bananeira.

— Para que isso? — perguntou a secretária.

— O tapa não deu resultado. Assim a pressão na cabeça é maior pela força da gravidade, e todas as pecinhas do cérebro se encaixam no lugar certo. Mas não fiquem parados aí. Peguem a máquina e batam uma foto. Será interessante registrar o momento em que o grande detetive Geraldo Palha produzia uma grande ideia.

Meio contra a vontade, Coca fotografou seu chefe naquela posição incômoda. Duvido que alguma secretária tenha feito isso no mundo a pedido do patrão.

— Pronto — disse ela.

— Agora comam os sanduíches — ordenou tio Palha.

— Guardaremos um para você.

— Guardar nada — ele protestou. — Me dê um. Posso comer perfeitamente bem de cabeça para baixo. Não há nenhuma lei que obrigue uma pessoa a comer apenas quando está com os pés no chão, não é?

Coca passou um sanduíche para tio Palha, que momentaneamente se apoiou numa só mão, pegou o sanduíche e comeu sem dificuldade.

— Me impressiona ver você assim, Gê.

— E eu não gosto que me olhem como se estivesse fazendo uma coisa extraordinária. Dificulta a concentração.

Coca e eu saímos da sala. Na cozinha, ela me disse:

— Receio que seu tio esteja doido.

— Eu tinha esse receio. Agora estou certo — confessei. — Vou para Serra Negra aproveitar as férias.

Meu tio entrou na cozinha já com os pés no chão.

— Não disse?

— Disse o quê? — perguntei, observando nele um sorriso triunfante.

— Que o processo era infalível? Já tive a ideia. Acalmem-se.

— Que ideia? — perguntamos eu e Coca em dueto.

— Como apanhar o tal Boss. Desta vez, Edu, não fará uma reportagem baseada só em palpites, mas em fatos reais. Ah! Sabem que fico tonto assim sobre os pés?

A VOLTA DA CANTORA DOS TEMPOS DO PAPAI

Lembram-se de Matias Mateus, o empresário gordo e ruivão, de cabelos quase vermelhos? Pois bem, ele voltou ao Hotel Tebas para novo papo com a roqueira de voz masculina.

— Paola, levo você da Patagônia a Miami, mas antes queria um favor. Que encaixasse no *show* da Montanha de Ali uma contratada minha, a famosa Luz del Sol. Notou como estão voltando à moda os ritmos antigos? Luz foi a rainha dos boleros e do chá-chá-chá. Se disser ao senhor Bristol que ela é sua amiga, as coisas podem se resolver.

— Luz del Sol... O nome não me é desconhecido. Mas o pessoal de lá não paga bem. Só ninharia.

— Ela está voltando aos palcos e não cobra muito. Aceita o que pagarem. E por uma temporada curta. Quinze dias, no máximo. Consiga isso, Paola, que eu a contrato.

— Posso falar com o Bristol. Me telefone amanhã a esta hora.

No dia seguinte o detetive telefonou para o Hotel Tebas. Paola tinha uma boa notícia.

— Sua cantora está com sorte — disse. — O salão estava mesmo precisando de uma intérprete de músicas latino-americanas. Mas como já disse: pagam quase nada.

— Não importa. Obrigado, Paola. A vida é assim. Uma mão lava a outra. Tchau.

Luz del Sol usava uma cabeleira que chegava à cintura e só falava castelhano. Formava um estranho par com seu empresário de cabelos avermelhados. Infelizmente desse lance eu não poderia participar. Senti muito quando vi os dois saírem naquela tarde.

Luz e seu empresário, logo à porta da Montanha de Ali, encontraram um conhecido, o motorista dos sequestros, e que com seu companheiro ajudara a enfiar Coca no armário na invasão da agência. O orangotango no 1.

— O gerente está esperando — informou.

A Montanha de Ali de dia cheirava a mofo. O orangotango no 1 conduziu os dois através do salão e depois por um corredor. Entraram numa pequena sala em cujas paredes não havia mais espaço para retratos de cantores. Ficaram à espera do gerente.

O homem do cravo, alto e grandalhão, entrou. Uma cara adequada à seção policial de qualquer jornal. Olhou para Luz e sorriu. Gostou dela.

— Sou o gerente — apresentou-se. — Paola falou de você. O senhor é o empresário?

Matias Mateus apertou a mão de Bristol sem inibição.

— E me orgulho disso. Luz del Sol foi um estrondo nos anos 1960 e ainda está em forma.

— Talvez seja boa demais para a Montanha de Ali. Mas se o preço não for salgado...

— Que diz de um contrato de duas semanas apenas na base de 10 dólares diários? — disse o ruivão. — O que nos interessa é o retorno de Luz aos palcos. Queremos constatar como o público a recebe.

— Vamos ao palco — sugeriu o gerente. — Tem um pianista e um baterista lá. Se ela se sair bem, a gente fecha.

Tio Palha nem lembrava há quanto tempo Coca não cantava, mas ela não se mostrava embaraçada.

O pianista e o baterista trocaram algumas palavras com Luz, e diante do empresário Matias Mateus e do bandido do cravo ela começou a cantar um dos maiores sucessos dos dias em que meus pais namoravam.

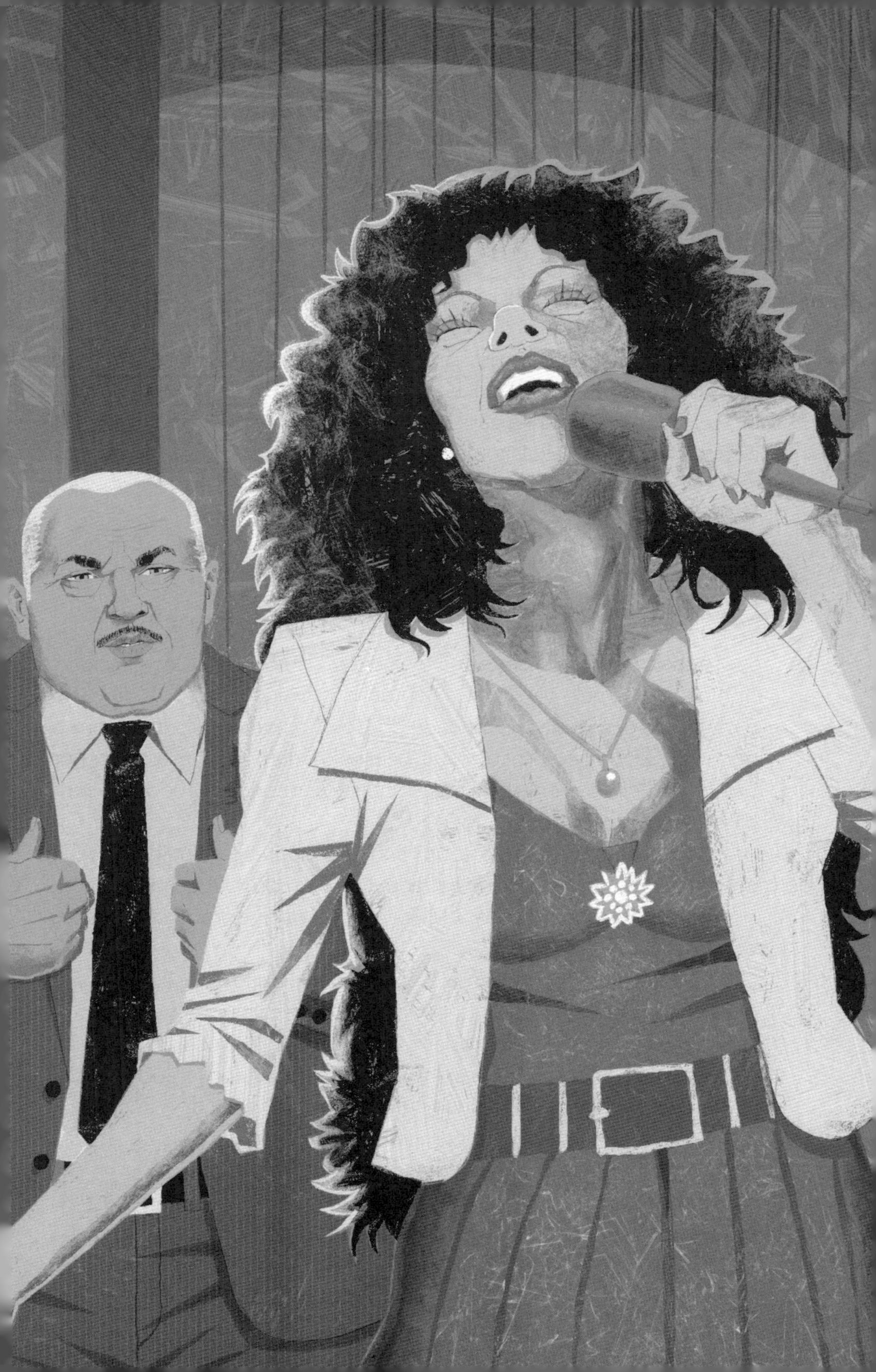

Chá-chá-chá
de la se-cre-ta-ria-á
chá-chá-chá
de la es-te-no-gra-fá
chá-chá-chá

O pianista, mais velho, logo se entusiasmou, e o baterista, embora jovem, entendeu e aprovou o agitado chá-chá-chá. O bandidão, coroa como Luz e Matias, sorriu, já entregue. A ele logo se juntaram os orangotangos nº 1 e nº 2. Devia ser difícil cantar diante de um auditório tão seleto, mas Luz tinha cancha e balanço, e continuou saracoteando e cantando sem se abalar. Cha-chá-chá.

— Estamos combinados — disse o gerente. — Hoje às 11 horas. Está aprovada.

O PERIGOSO CHÁ-CHÁ-CHÁ

A ideia maluca do detetive Palha era fazer com que Coca (Luz del Sol) circulasse pelo ventre da Montanha de Ali como gente da casa, para tentar descobrir a identidade do Boss, o mandão. Então, com o nome do senhor X, procuraria o delegado Maranhão, e tim-tim por tim-tim, além de outros tim-tins, contaria à autoridade tudo que soubesse sobre a perigosa quadrilha.

Coca sempre alimentara um sonho: voltar a cantar. Ela, que já contava com muitos anos de estrada. Mesmo com outro nome e com outro objetivo, o plano de Gê lhe agradara. Adorava badalações e aplausos.

Precisavam ver que bárbara ela estava quando se aprontou para sair em companhia do empresário! Eu não poderia perder aquela *avant-première*. Em poucos minutos as mãos mágicas de Coca me transformaram outra vez no *punk*, agora usando um paletó folgado do titio. Seria mais um *punk* no Ali, onde qualquer um se vestia da maneira que lhe agradasse. Até cavalheiros de *smoking* iam lá, misturados com gente de *jeans*, bermudas, bombachas, culotes e tudo mais.

Chegando no Ali sentei-me sozinho a uma mesa, enquanto a estrela e seu empresário se mandaram pelos corredores. O orangotango nº 1 levou-os para o camarim, que ela dividiria com Paola. O gerentão, de cravo novo, logo apareceu.

— Nossas instalações são modestas — disse.

— Já cantei até em Las Vegas, mas para quem está recomeçando a Montanha de Ali é um luxo — disse Luz.

— Ela vai brilhar outra vez — garantiu o empresário. — Luz sabe tudo sobre emoções.

— Estejam à vontade — e saiu.

Em seguida chegou Paola. Tio Palha fez as apresentações.

— Paola, Luz del Sol...

— Obrigada pela colher de chá — agradeceu Coca. — Sem sua ajuda não estaria aqui.

Perto da meia-noite, no palco, a própria Paola anunciava:

— Com vocês, agora, uma velha amiga minha, a rainha do chá-chá-chá. Palmas para ela!

Sob palmas *la* Gimenez pisou o palco confiante, e sob a luz de um *spotlight* começou a cantar o chá-chá-chá que encantara o gerente. Se os mais jovens não se manifestaram muito a princípio, entraram na onda da cantora quando um *punk*, eu, saltando no meio da pista, se pôs a aplaudir vibrantemente. O sucesso de Coca interessava ao nosso plano. Ninguém desconfia dos vencedores. Vi Bristol e os dois orangotangos batendo palmas.

Cumprimentando o publicão, Coca encerrou o *show*.

— Chá-chá-chá.

E dirigiu-se ao camarim onde alguém a esperava: Gê.

— Enquanto você cantava, sondei o corredor. Todas as portas estão fechadas, mas há luz na última. Espiei pelo buraco da fechadura e vi um quarto de dormir luxuoso.

— Pode ser de Bruna.

— Não vi objetos femininos. Deve ser o quarto do Boss.

— Psiu, vem gente!

Bristol entrou com uma braçada de flores.

— Devia ter entregue no palco, desculpe...

— Muita gentileza! O senhor gostou?

O gerentão estava exultante:

— Eu gostei, o público gostou, até o chefe gos... — deixou as flores e retirou-se.

Meu tio, baixinho.

— Ouviu?

— Até o chefe gostou — ela repetiu. — Não é o que se chama lapso ou uma escorregadela? Bonitas flores.

O detetive foi até a porta e comentou:

— Há mesmo um chefe, e do sexo masculino. Mora no quarto dos fundos com certo luxo, assistiu ao seu *show* e gosta de chá-chá-chá.

— Ele me assistiu! Que honra!

— Fique aqui e veja se alguém passa pelo corredor. Vou dar uma espiada no salão.

Tio Palha passou por mim, que tomava um refrigerante no salão, e se pôs a observar o pessoal dançando. A tarefa de reconhecer entre eles o Boss era quase impossível. Voltou ao camarim. Coca lhe disse que ninguém entrara no tal quarto dos fundos e que os orangotangos estavam vigilantes, cada um numa ponta do corredor.

Vi o tio e sua secretária deixando o salão e fui atrás. Como haviam estacionado o carro um pouco distante, ninguém viu o *punk* acomodar-se no banco traseiro. Luz mostrava-se radiante com o êxito, o empresário nem tanto.

— O mistério continua — disse. — Quem é o Boss? Quem é?

Me lembrei de uma coisa:

— Conhecemos quase toda a quadrilha. Mas um deles não estava na Montanha de Ali. Talvez quem ocupa aquele quarto. O chefão.

— Quem não estava?

— Mossoró.

— O borracheiro! — exclamou Matias Mateus. — É verdade. O único ausente. Acertou no alvo, Edu. O borracheiro de mentira pode ser o Boss, como não?

— Aí está uma coisa mais concreta para informar ao Maranhão — disse Coca. — Faça isso.

ALGUÉM NA GELADEIRA

Coca insistiu tanto que tio Palha resolveu visitar o delegado. Fui junto.

— Maranhão — foi dizendo —, lembra-se do Mossoró, o borracheiro que desapareceu após a publicação da reportagem?

— Lembro. Seu nome é Arquimedes Pessoa.

— Tenho razões para afirmar que é o chefe de uma grande quadrilha de traficantes.

— Vocês o conheceram?

— Eu conheci. Fui entrevistá-lo na borracharia.

— Então venham comigo — pediu o delegado, pondo-se de pé.

Saímos da delegacia e entramos numa viatura da polícia. O delegado disse qualquer coisa ao motorista e o carro partiu. Durante o caminho Maranhão permaneceu calado, e quando tio Palha lhe fez perguntas, não respondeu. Nem sabíamos para onde estávamos indo.

O carro estacionou diante de um edifício: Instituto Médico Legal. Descemos e entramos. O delegado, à frente, nos conduziu até um amplo salão. Depois de trocar algumas palavras com um funcionário de avental, este abriu uma gaveta do que parecia uma imensa geladeira. E era.

— Deem uma olhada.

Logo identifiquei:

— Mossoró!

— Aí está o chefe da quadrilha — disse o delegado ao detetive particular. — Foi encontrado num terreno baldio com duas balas na cabeça.

— Assalto?

— Não. Tinha um relógio de ouro no pulso e dinheiro no bolso. Satisfeito, Palha?

O detetive baixou a cabeça, embaraçado. Puxou-me pelo braço. Queria afastar-se bem depressa do vexame.

Na rua eu disse:

— A culpa foi minha, desculpe.

— Não tem do que se desculpar. Agora sabemos que Mossoró não é o Boss, certo?

— Por que o teriam matado?

— Mossoró pode ter traído a turma ou coisa assim. Esses reis do crime não precisam de muitos motivos para matar. Você escapou duas vezes, portanto o melhor que tem a fazer é tomar seu ônibus.

— É o mais sensato. Mas quero aquele dez na faculdade.

Coca também levou um susto quando soube do destino de Mossoró. Susto com repique à tarde, quando a notícia saiu nos jornais e apareceu na tevê. Mais uma vez o nome de Tony Grand voltava à cena. Arquimedes Pessoa fora um de seus capangas, pelo que fora preso. Posto em liberdade, abriu a borracharia e convenceu todo mundo de que se regenerara. Como no caso de Zoé, o trapezista, sua morte foi atribuída à ação de quadrilhas rivais.

— Ainda tem coragem de cantar? — perguntou o falso empresário à falsa cantora.

— Não muita, mas já que estou nessa vou até o fim. A não ser que desista, Gê.

O detetive nem respondeu. Pegou o revólver, a cabeleira e começou a transformar-se em Matias Mateus, o empresário.

CADA VEZ MAIS PERTO DO BOSS

Voltamos à Montanha de Ali naquela noite e em outras noites, Coca agradando horrores com seus chá-chá-chá, mambos, congas, calipsos, boleros e rumbas. Enquanto cantava tio Palha ficava no camarim, com a porta aberta, vendo quem circulava no corredor. Ele conhecia Bruna só de fotos, mas a reconheceu quando ela entrou no quarto dos fundos. Quem seria o Boss? Patrão ou patroa?

— Como quem vai ao banheiro e se engana de porta, fui até o fim do corredor — contou tio Palha mais tarde. — Queria descobrir mais coisas.

— E o que o senhor fez? — perguntei ansioso, como quem assiste a um final de capítulo de novela.

— Fiquei colado à porta com os ouvidos bem abertos. Ouvi vozes, de mulher e de homem. Certamente Bruna e o Boss. Espiei pelo buraco da fechadura e o que vi foi só um paletó.

— Ouviu o que diziam? — perguntou a secretária.

— Falaram diversas vezes o nome de Mossoró. Não era um papo tranquilo, discutiam. Só uma frase me chegou inteira aos ouvidos, dita por Bruna: — Agora chega, não acha? — Pode ser que advertisse o Boss para o perigo de novos assassinatos.

— Quer dizer que Bruna não é o Boss — concluí.

— Mas é um de seus mais diretos colaboradores. Tem liberdade até mesmo de lhe dar broncas. São íntimos.

Mas na verdade não tínhamos feito progresso. Entrávamos e saíamos da Montanha de Ali sem saber quem era o chefe dos quarenta ladrões das mil e uma noites. Teríamos de ousar mais ainda.

— Como fazer para descobrir quem é o Boss? — perguntei.

Tio Palha ia se dar um tapa na testa mas conteve o gesto.

— Vou pensar.

Coca nem pensar prometeu. Estava lhe faltando o brilho de sua outra personalidade, a explosiva Luz del Sol. Esta, sim, estava com tudo. Naquela noite, ao entrar no camarim, encontrou uma braçada de flores. E um envelope. Abriu-o. "Com os cumprimentos floridos de seu maior admirador — Reynold."

Matias Mateus, entrando em seguida, leu o cartão por cima do ombro da cantora.

— Isso é que é fã! Gastou uma fortuna em flores.

— Enciumado?

— E não é para estar?

O SIMPÁTICO ADMIRADOR DE LUZ

Luz del Sol agradou tanto nessa noite que Paola, vendo as flores, ficou despeitada. Não trocou nenhuma palavra com ela no camarim e fechou a cara até para o empresário. Saiu bufando.

Assim que a rainha do chá-chá-chá voltou ao camarim, Bristol entrou acompanhado de um homem muito elegante. Raros frequentadores da Montanha vestiam-se com aquela classe. O que faria o *gentleman* numa danceteria de periferia?

— Este é o senhor Reynold — apresentou o gerente-bandido.

— Ah, que mandou as flores! Obrigada, são lindas!

— Seu Reynold é um grande amigo da casa.

— Então gostou do *show*? — perguntou Coca.

— Seu repertório é do meu tempo — disse Reynold, quarentão como Coca e seu empresário. — Mexeu com minhas lembranças. Recordar faz bem. Mas vim para lhe fazer um convite. Aceita cear comigo? Conheço um restaurante muito reservado por aqui.

Coca não esperava pelo convite, hesitou:

— Meu empresário...

Bristol:

— Direi a ele que foi cear.

Coca-Luz, a secretária-cantora, estava lá para descobrir a identidade de um criminoso, não para cear com fãs. Além do mais, isso provocaria muito ciúme no patrão-detetive.

— Quem sabe outro dia.

Reynold não gostou do contra e Bristol, mais ofendido ainda, fez cara de gerente daquela baiuca e usou de um argumento irrefutável.

— Sr. Reynold não é um freguês comum. É nosso sócio.

Coca, mais depressa do que Luz, imaginou: será apenas sócio? Até ele, o Boss, havia gostado de seu *show*... Não seriam o Boss e o Reynold das flores a mesma pessoa? Evitando aparecer, discreto como pedia seu perfil, preferira passar por simples amante dos ritmos latinos.

— Está bem, vamos cear.

— Meu carro está na porta — disse Reynold. — Levo as flores. Vamos.

Coca acompanhou Reynold pelo corredor, mas não saíram pela porta principal. Havia outra saída, uma portinha para a rua lateral, que nem ela nem Palha conheciam.

A namorada do detetive até tremeu quando reconheceu o motorista do Mercedão de Reynold: o orangotango no 1, que invadira a agência Leão.

Enquanto isso, no salão de baile, Matias Mateus passou por um *punk*, eu, e disse sem me olhar:

— Vamos sair, Coca já foi.

Somente dentro do carro de madame Geni explicou:

— Bristol disse que ela saiu com um admirador. Mas não a vi passar.

— Estou estranhando. Ela sai com um admirador e nos deixa assim, aflitos?

— Também estou estranhando. Mas vamos esperar por ela no apartamento.

O INCÓGNITO

Reynold levou Coca para um restaurante pequeno e escuro, O Incógnito, onde não havia nem uma dúzia de fregueses nas mesas. A

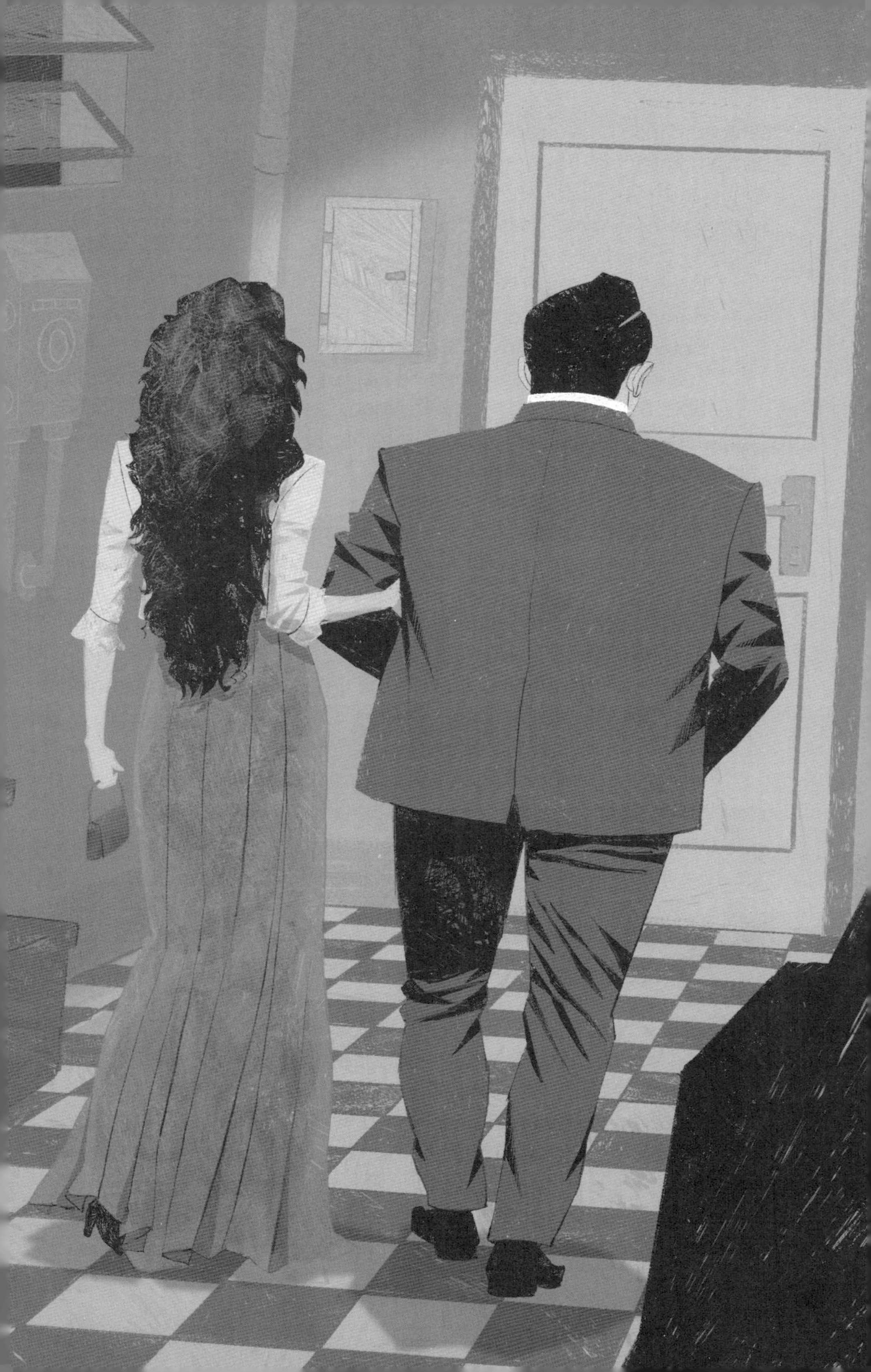

cantora, dando uma de atriz, procurava mostrar-se natural e encantada com a companhia. Mas registrava tudo que via. O proprietário da casa conhecia Reynold: foi atendê-lo pessoalmente. No entanto, parecia surpreso em vê-lo acompanhado. O orangotango nº 1 não permaneceu no carro. Ficou bebendo no balcão, o olhar atento para todos os lados.

— Bonito lugar! — exclamou Coca. — Vem sempre aqui?

— Raramente. Não sou muito de sair.

— Então é sócio de Bristol?

O assunto não foi do agrado de Reynold, que passou depressa por ele.

— Sou. Mas me fale de você. Em que casas tem se apresentado?

— Estive afastada dos palcos durante anos. Nos meus tempos cantava mais nos países vizinhos.

— Contente na Montanha de Ali?

— A turma é simpática, mas ainda não decidi voltar a cantar realmente. — E como era preciso referir-se a Matias Mateus para testar reações, disse: — Se voltei a cantar foi por insistência do meu empresário. Ele orientou minha carreira quando estava no auge.

— É aquele homem ruivo, gordo?

Então ele já vira o Palha, embora até então estivesse brincando de Homem Invisível?

— Quer conhecê-lo? Uma boa pessoa.

— A parte artística está sob os cuidados de Bristol, que já foi proprietário de casas noturnas. Mas seja franca. Se não estiver satisfeita com o acordo mando dobrar seu pagamento.

— O senhor é muito bondoso, mas não sei se mereço.

— Não me chame de senhor — ele pediu. — Basta Reynold. Mas você merece, sim. Não viu o entusiasmo do público? Agradou em cheio.

A ceia, segundo Coca, foi ótima e teria sido espetacular se não estivesse tão nervosa. Jamais saboreara pratos tão caros e um vinho estrangeiro como aquele.

Reynold não tirava os olhos dela. Gamadão.

— Podemos sair outras vezes?

— Claro. Vai sempre ao salão?

— Minha presença lá é dispensável, mas vou. E agora irei com mais frequência.

Muito antes de a ceia terminar Coca já enfrentava um problema: "Ele certamente vai me acompanhar até meu apartamento, e não é bom que saiba onde moro. Pode perguntar por Luz del Sol na portaria, e ela não existe!" Preocupação que com goles de vinho e sorrisos conseguiu disfarçar.

Paga a conta, o orangotango abriu a porta para Coca e Reynold e tomou lugar na direção do carro. A maneira como o orangotango se portava, curvo e servil, eficiente guarda-costas, acabava com qualquer dúvida: Reynold era o mandão, o chefe, o Boss, o sucessor de Tony Grand. Seu nome certamente não era esse, talvez tivesse sido inventado na hora, mas o acaso colocara Coca e a figura misteriosa frente a frente, na mesma mesa.

O orangotango no 1 brecou o carro diante de um pequeno edifício de apartamentos. Reynold beijou a mão de Coca cavalheirescamente.

— *Adiós* — disse no idioma de Coca, apressando intimidades.

A cantora-secretária abriu a porta do edifício, entrou e respirou fundo. Depois, em voz alta, repetiu os números decorados da placa do carrão de Reynold.

PAOLA DÁ UM *SHOW* FORA DE CONTRATO

Paola, já humilhada com o mundão de flores entregue a Luz del Sol, não gostou nem um pouco da fria recepção do público naquela noite. Quem estava na crista da onda era a uruguaia. Não sobravam aplausos para ela. Bristol nem ficou à mesa para assistir ao *show*, e quando se encontraram no corredor fez que não a viu.

— O que está havendo aqui? — ela perguntou, irritada. — Todo mundo deu para me esnobar? É por causa da tal Luz? Não sei o que vocês veem nessa fajuta.

Bristol tinha a resposta na ponta da língua.

— Não esqueça que ela está aqui porque você a apresentou. Quem disse que ela era ótima? Eu não fui.

— Ela é um lixo.

— Fala assim de todos os seus amigos?

— Ela não é minha amiga.

— Ah, não é?

Então Paola, despeitada, pôs tudo para fora.

— Disse que era minha amiga a pedido do empresário. Como tenho um coração de ouro, fiz o que me pediu.

Bristol, desconfiado:

— Então não conhecia essa cantora?

— Nunca ouvi falar dela. E olhe que sou veterana.

— E o empresário, conhecia?

— Também não.

— Não???

— Mas vejo que é outro tapeador. Disse que me levaria pelo mundo afora e agora nem liga pra mim. É gente assim que vocês prestigiam, é?

— Espere, nem de nome conhecia Matias Mateus?

— O senhor diz que foi dono de boate. Conhecia Matias Mateus?

Contaram-me que o diálogo entre os dois foi assim mesmo, transformando-se num monólogo, já no camarim, quando Paola começou a dizer palavrões e a dar pontapés em tudo que via pela frente. Quebrou até cadeiras.

Bristol não se interessou por essa parte do espetáculo. Dirigiu-se ao quarto dos fundos à espera de alguém.

REYNOLD SERIA MESMO REYNOLD?

Eu e tio Palha ainda dormíamos, na manhã seguinte, quando tocaram a campainha insistentemente: Coca, cheia de novidades.

— Querem saber da última? Jantei com o Boss.

— Como sabe que o Boss era o Boss? — perguntou o detetive sofrendo um impacto.

— É o tal que me mandou as flores.

— Entre, sente e conte tudo — ordenou Gê.

Coca entrou, sentou e contou tudo.

— Esse Reynold só pode ser o patrão, de acordo? — concluiu a secretária de cabeleira loira ao terminar sua história.

— Tudo indica que sim. Mas me diga uma coisa: ele levou você até seu apartamento?

— Fui viva — respondeu Coca. — Entrei no edifício onde mora uma amiga minha.

— Inteligente, Coca! Não é bom que essa gente saiba nosso endereço.

— Ele me levou à porta do edifício e beijou minha mão. Foi quando aproveitei para olhar a chapa do carro.

— Decorou?

Coca tirou uma tira de papel da bolsa.

— É esta.

— Tenho um amigo no Departamento de Trânsito. Vou telefonar para ele. Quero saber quem é o dono do carro que usa esta chapa. — Consultou uma agenda, discou e comunicou-se com o amigo. Desligou, dizendo: — Terei a resposta em meia hora.

Enquanto esperávamos a informação, Coca contava mais detalhes de sua romântica ceia com o Boss. Mas também queria saber coisas.

— Me viram sair do salão?

— Não vimos — respondi. — Daí nossa preocupação. Vocês evaporaram.

— Saímos por uma portinha na rua lateral. O chefão não quer mesmo ser visto. Mas falemos do *show*. Foi a glória, não?

— Nem todos bateram palmas — garanti. — Vi Paola circulando elétrica enquanto você cantava. Seu sucesso incomodou a gorducha.

O telefone tocou. Tio Palha espichou três metros de braço e ergueu o fone.

— Palha. Fale. Repita. Entendi. Obrigado.

Eu e Coca, ansiosos:

— A chapa está em nome de quem?

— Reynold S. Milles.

Coca observou:

— Mas ele não tem nada de estrangeiro, quero dizer, americano ou inglês. Nada mesmo.

— O fato de ele ter documentos de um carro com o nome de Reynold S. Milles não garante que se chame assim — disse o detetive. — Pode ser até que exista ou tenha existido um Reynold S. Milles.

Coca concordou:

— Um cara tão precavido não andaria por aí com um Mercedes em seu nome. Estou com você, Gê.

— Bem — disse Gê —, vou escrever um relatório de todas as nossas atividades e conclusões para levar pessoalmente ao delegado Maranhão.

— Quer dizer que a missão está praticamente concluída? — perguntou o repórter, isto é, eu-Edu.

— Está — disse Geraldo Palha. — Mas quando a polícia chegar quero estar presente. Hoje só voltaremos à Montanha de Ali porque Mr. Reynold, vulgo Boss, adora ouvir os chá-chá-chás de Luz del Sol.

E rimos os três, encerrando o capítulo.

SANTO DEUS!

Tio Palha fez seu relatório e levou à delegacia. Como o delegado não estava lá, escreveu no envelope: URGÊNCIA URGENTÍSSIMA, e entregou-o, com recomendações, ao delegado substituto. Mais tarde nos encontramos, os três, na escolinha muito visitada por alunas que pretendiam fazer o novo curso de tricô e crochê. Tio Palha, marotão, continuava vendendo os métodos para financiar nossas despesas.

À noite fomos para seu apartamento, e de lá saíram um empresário ruivão, uma cantora de cabelos longos e um *punk* da periferia. O detetive, por medida de segurança, decidiu que eu pegaria um táxi para que ninguém nos visse chegando juntos, e me deu algum dinheiro para gastar na danceteria.

Foi o que fizemos. Matias Mateus e sua contratada entraram juntos. Eu entrei em seguida e fui me colocar numa ala onde estava a moça. Imediatamente pedi um refrigerante para que não me julgassem um penetra. Logo perdi os dois de vista, porque era sábado, e a Montanha estava lotadíssima.

Depois eu soube como tudo aconteceu.

Luz estava em seu camarim quando o orangotango no 1 entrou e disse:

— Seu Reynold quer falar com a senhora.

— Onde?

— No quarto dos fundos. Venha.

Coca seguiu o orangotango até a porta dos fundos do corredor. Abriu e fez sinal para Luz entrar. Quando ela entrou viu Reynold e uma mulher. Lembrando da foto reconheceu Bruna Grand, grandona para fazer jus ao nome e com pinta de bandida. O orangotango também entrou.

— Boa noite! — cumprimentou Coca com a espontaneidade de Luz del Sol.

Mas não ouviu outro boa-noite como resposta. Reynold e Bruna olhavam fixamente para ela como se fosse uma peça de um jogo de armar.

— Tire a cabeleira — ordenou a irmã de Tony.

— Tirar a cabeleira? Pra quê?

O orangotango no 1, por trás de Coca, arrancou-lhe a cabeleira e a olhou bem de frente, sério. Porém, logo esboçou um sorriso breve.

— É ela, patrão, a moça da agência.

Reynold fez uma cara de quem preferia que seu auxiliar tivesse se enganado. A sensação de ter sido ludibriado o incomodava.

— Então é a secretária de Geraldo Palha?

— Fui secretária de muita gente — respondeu Coca. — Mas voltei aos palcos. Sempre cantei profissionalmente. Meu verdadeiro nome é Coca Gimenez. Impossível que não se lembrem. Troquei-o por Luz del Sol porque não estava mais dando sorte. — Não parou aí, continuou falando na esperança de que Gê, não a encontrando no camarim, tomasse providências. — Mas como é que souberam quem eu sou? — perguntou, falsificando uma curiosidade não muito comprometedora.

Reynold, para mostrar que não se deixava enganar facilmente, contou:

— Paola confessou ter mentido. Jamais conheceu você e seu empresário. Fomos ao edifício onde a deixei ontem e falamos com o porteiro. Disse que lá não morava cantora alguma e que a moça que entrara durante a madrugada costumava visitar uma inquilina do 21. Fomos procurá-la e ela deu o serviço. Num minuto disse seu nome e para quem trabalhava. Mas não se preocupe. Vamos chamar seu empresário e depois poderá voltar ao camarim.

O orangotango no 1, teleguiado, recebeu uma ordem-comando do patrão e saiu.

Falei do medo que Coca sentia? Imaginem e multipliquem por mil.

Gentil, Reynold serviu-lhe uma bebida:

— Beba e acalme-se. Está tudo bem.

Bruna, a fera, sorriu.

A VEZ DO EMPRESÁRIO RUIVO

Depois de circular pelo salão, Matias Mateus seguiu para o camarim da cantora. Ela não estava: estranhou. Se Coca demorasse três minutos, telefonaria para o Maranhão. Ou deveria telefonar já? Era melhor. Saía do camarim quando chegaram os dois orangotangos.

— Luz del Sol está com o patrão — disse um deles. — Vai assinar o contrato. Vamos.

Podia ser mentira, mas também podia ser verdade.

Tio Palha acompanhou os orangotangos até a porta dos fundos, e o introduziram no quarto.

— Boa noite, senhor Matias! — cumprimentou-o Reynold.

O impacto. Lá estava Bruna, a grandona, e Coca, sem a cabeleira.

Os orangotangos bloquearam a porta.

— Por que não nos disse que Luz del Sol é a famosa Coca Gimenez? — perguntou Reynold. — Isso só a valorizaria.

— Ela quis começar nova carreira — respondeu o falso empresário.

— Sabia que foi secretária de um notável detetive particular?

— Sabia — respondeu o próprio. — Ele mudou de profissão e a deixou desempregada.

A um sinal quase imperceptível de Reynold, um dos orangotangos bateu as mãos espalmadas nos bolsos e na cintura do empresário. Ato contínuo, tirou-lhe a arma.

O chefão:

— Anda sempre armado, senhor Matias?

— Sempre, para me defender de assaltos.

Tio Palha sentiu-se nu sem o revólver, mas a sensação de nudez logo seria total: o orangotango no 1 arrancou-lhe a cabeleira.

— Incrível como se parece com Geraldo Palha! — exclamou o chefe.

— Deixemos de brincadeiras — disse Bruna séria. — Chega de gozações. O que estavam querendo descobrir? Já não adianta esconder mais nada.

— Localizar a sede de vocês e descobrir quem manda na quadrilha — respondeu o ex-empresário.

— Ah, sim? E quem é que manda? — indagou Reynold após uma pausa em que ele e Bruna se comunicaram por olhares.

CAMARIM

— Você — respondeu logicamente o prisioneiro. — Mas seu nome com certeza não é Reynold.

— E qual é o meu nome? — insistiu o já não Reynold.

— Não sei.

— Não sabe mesmo?

— Se soubesse não estaria aqui.

O Boss sorriu, zombeteiro:

— Pensei que fosse melhor detetive.

O interesse de Bruna não se limitava a esse quem era quem.

— Como nos descobriu aqui?

Tio Palha precisou de algum tempo para pensar.

— Como descobri vocês? — repetiu.

— Foi o garoto, não? Que dica ele deu?

A curiosidade ansiosa de Bruna contaminou o chefe e a dupla de macacões. Onde teriam errado? Ou quem errara e se calara? Antes que tio Geraldo respondesse, ela voltou-se contra Reynold.

— Você errou em soltar o fedelho. Pena que não estava aqui naquele dia.

Para criar confusão entre eles e disso tirar qualquer proveito, o detetive afirmou:

— O rapaz não deu nenhuma dica.

Reynold demonstrou maior preocupação:

— Haverá outro traidor entre nós? Terá de dizer quem é, detetive.

Bruna, superligada, fixou-se no terceiro personagem:

— O fedelho está aqui com vocês?

— Não — respondeu meu tio. — Viajou.

— Não acreditem nisso — advertiu a fera. — Pode estar aqui, sim. Lourenço — ordenou ao orangotango nº 1 —, fale com Bristol e procurem o menino no salão. Depressa.

Assim que Lourenço saiu, o orangotango nº 2 puxou um revólver e o manteve apontado para o detetive e para sua querida secretária.

Coca contou-me que nesse momento, obrigada a sentar-se num divã junto de Palha, começou a rezar.

O *PUNK* SOZINHO NO SALÃO

Fazia algum tempo que não via meu tio na Montanha de Ali, o que me inquietava. Meus nervos ficaram ainda mais tensos quando vi Paola subir ao palco no lugar de Luz del Sol. Apesar da dificuldade, pois o salão estava repleto, circulei entre as mesas à procura do empresário ruivo. Num canto vi um dos macacões e Bristol conversando nervosamente. Em seguida separaram-se, cada um para seu lado, como se procurassem alguém. Vendo que um vinha em minha direção fui para o banheiro, onde me demorei alguns minutos, e depois, rente à parede, rumei para a portaria. A intenção era sair e telefonar para o delegado Maranhão. Desviando de uns e acotovelando outros cheguei ao saguão. Não pude sair. Em frente da estreita porta de saída estava o altíssimo Bristol, favorecido pela sua visão panorâmica.

Se eu tentasse sair, reconhecendo-me ou não, Bristol me seguraria, pois devia estar lá para impedir a saída de rapazes suspeitos. "Fantasiado de *punk*, *espertchinho*!"

Eu precisava chegar à rua para salvar duas vidas... ou três. Decidi arriscar e fui em frente.

Estava a uns 5 metros da liberdade quando o gigantesco Bristol olhou fixamente para mim. Eu, como *punk*, não convencia muito. O que devia fazer? Prosseguir? Não, dei meia-volta e regressei ao salão. Assim que pisei nele, olhei para trás e vi a cabeça de Bristol, que abandonara seu posto em minha perseguição.

Agora tudo era espanto, pesadelo. Por sorte a Montanha de Ali aquela noite batia recorde de público. Por trás de uma coluna vi meu perseguidor falar com o orangotango no 1, que correu para o corredor dos camarins enquanto ele voltava para a portaria. Adivinhei: ia avisar os outros que o sobrinho do detetive, um *punk*, estava no salão.

ELE ESTÁ AQUI!

A porta do quarto se abriu e o orangotango citado entrou gritando:
— Ele está aqui!
Bruna:

— Pegaram?
— Não. Bristol foi fechar a saída. Está vestido de *punk*.
Reynold ao orangotango nº 2:
— Vá ajudar.
O orangotango nº 2 passou o revólver ao Boss e saiu às pressas com seu par.
— Então tinha ido viajar? — disse Reynold ao prisioneiro.
— Não deviam se preocupar com ele, mas com a polícia que está a caminho.
Reynold e Bruna não se alarmaram.
— Esperaremos por ela — disse o chefe, imperturbável. — Agora me diga: como nos descobriu aqui? Alguém deu a pista? Se há outro traidor entre nós devemos saber.

ONDE ESTÁ O DIABO DO *PUNK*?

Voltei ao banheirão da Montanha de Ali, desta vez não só para me esconder. Meti a cabeça debaixo de uma torneira para dissolver aquelas torres no cabelo. Um pente e muita água me alisaram os cabelos, mas ao ver-me no espelho me achei tão parecido comigo mesmo, tão eu, que não me senti nada tranquilo. Afinal, Bristol e os macacões sabiam como eu era. Não encontrando o *punk* mas me encontrando era a mesma coisa.

Retornei ao salão justamente quando Paola cantava o seu tchimbá-tchimbá, que frenetizava o público. Todos pulavam e cantavam. O jeito era pular e cantar também para me tornar massa, formar o todo do bolo. Era um número comprido, muito estribilhado, mas não infinito. Quando a roqueira gorducha deixou o palco me senti desvinculado do publicão, como um homem vestido de preto numa geleira polar. Ora rente às paredes, ora ziguezagueando por entre as mesas, sempre atrás de alguém, cheguei ao *hall* de entrada. Bristol continuava na porta. Quem entrasse ou saísse teria de lhe pedir licença.

Plantado no meio do salão, entre cem ou mais pares de dançarinos, atento a tudo que se movia, o outro, como se procurasse clandestinos num navio, ia de mesa em mesa, detendo-se em rostos jovens. Permanecia

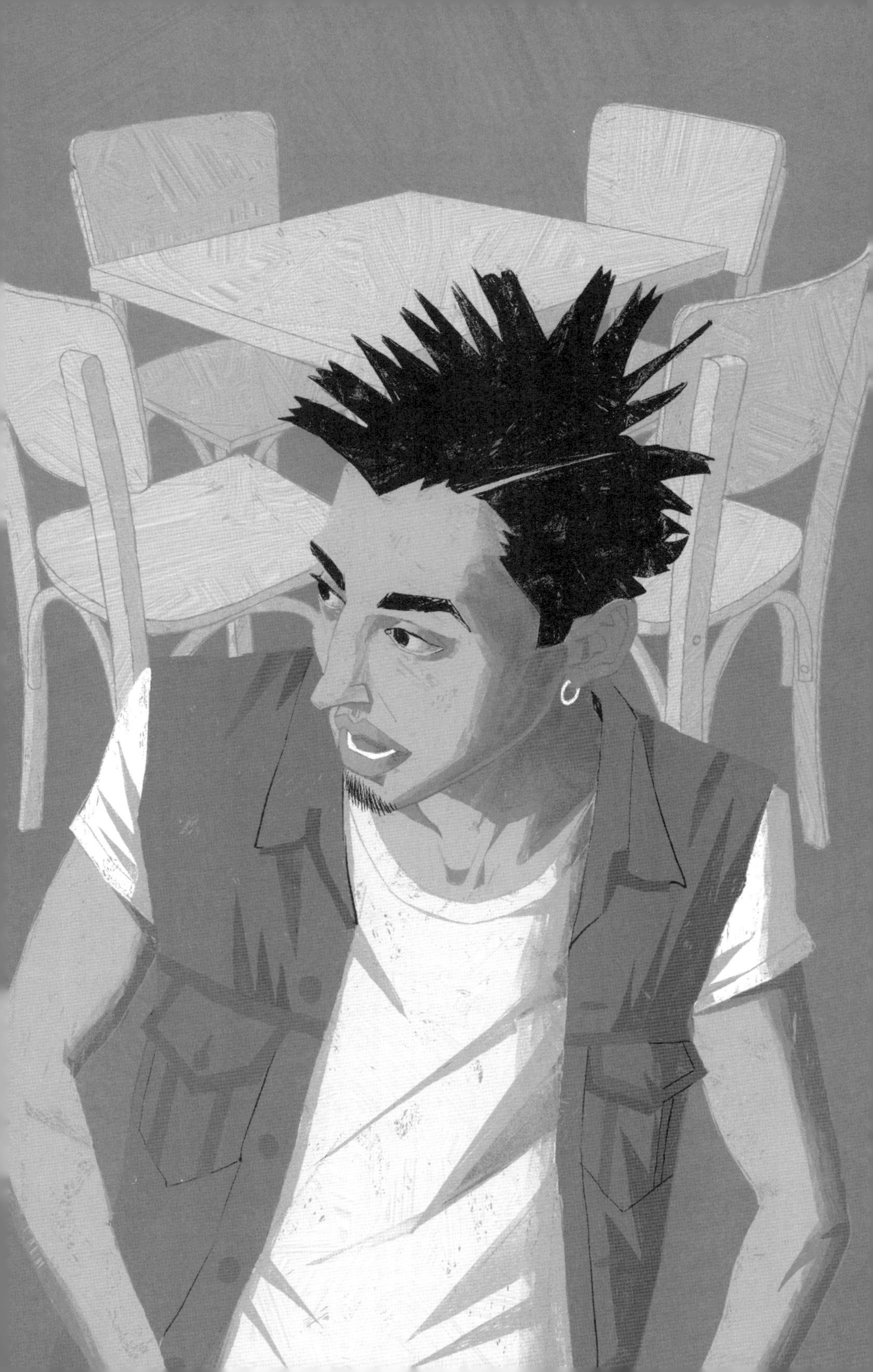

em pleno salão, sempre onde o movimento era mais intenso, e quando sobrou a mão de uma moça que brincava de roda com um grupo, peguei a mão dela e dancei com a turma, movendo braços, pernas e distribuindo sorrisos.

Eu já estava bastante enturmado com o pessoal, quando vi um dos orangotangos no palco falando com o maestro. Fiquei todo tenso à espera de uma bomba. Logo mais a banda interrompia a sequência musical e seu líder pegava o microfone:

— Pessoal, esta noite infelizmente vamos acabar mais cedo devido a um probleminha com a fiscalização. Amanhã já estará tudo certinho e a Montanha de Ali fechará na hora de costume.

Houve um "oh" de decepção, seguido dos primeiros acordes da Valsa da Despedida, que costumava anunciar o encerramento da noite. Enquanto os frequentadores pagavam suas contas, dirigi-me novamente ao *hall* e o que vi valeu por um soco no estômago: além de Bristol, os dois macacões também estavam lá numa operação pente-fino para barrar minha saída.

Começaram a apagar as luzes para apressar a debandada geral. Vi os músicos abandonando o estabelecimento com seus instrumentos. O salão esvaziava-se. Coca falara de uma porta lateral. Decidi tentar.

Quando voltei ao salão ele já estava quase todo escuro. Mal dei uns passos e cinco dedos de aço me puxaram pelo ombro.

— Esqueceu alguma coisa?

Era um dos garçons.

— Esqueci um boné – disse, me afundando no escuro.

Esbarrando em mesas e cadeiras cheguei ao extremo do salão. Por onde teria de ir para encontrar a outra saída? Lá estava o corredor do camarim com uma luz acesa e no final a porta do quarto. Andando sem fazer ruído, segui por ele até topar com uma escada de poucos degraus. Desci quase flutuando até um corredor de cimento. Fui indo. No fim do corredor, uma portinha. Ouvi o som inconfundível de pneus no asfalto e motores: a rua. Forcei o trinco para cima e para baixo. Nada. Concentrei toda a força no ombro. Se a porta cedesse estava livre...

ELE ESCAPOU!

O orangotango no 1 foi o primeiro a entrar no quarto do Boss.
— Ele escapou!
Todos se agitaram, mas a reação de tio Palha e de Coca foi mais facial: esperança.
— Como escapou? — berrou Reynold. — Não vigiaram a saída?
— Todos já saíram, menos ele. Bristol bobeou.
— Pode ser que o garoto ainda esteja aqui — opinou Bruna. — Continue procurando.
O macacão tornou a sair, com menos gás.
— Esse Bristol está me pondo desconfiado — disse Reynold. — Era amigo de Mossoró, um traidor. Foi quem contratou esses dois... Agora deixa o garoto escapar.
— Quando se uniu a nós traiu sua antiga quadrilha — lembrou Bruna.
Reynold voltou-se para o detetive disposto a terminar um assunto.
— Como é que nos descobriram aqui? Explique ou acabamos com vocês já.
Tio Palha se deu um tapa na testa. Será que ia funcionar?
— Recebi um telefonema e alguém me deu este endereço dizendo que era o lugar onde meu sobrinho tinha ficado preso.
— Era a voz de Bristol?
— Não estou certo — respondeu o prisioneiro. — Dos outros dois não era. Ele é estrangeiro? Parecia.

QUANDO A LUZ ASSUSTA MAIS QUE A ESCURIDÃO

Se eu fosse um super-homem, ou até mesmo o mais mixuruca dos heróis dos quadrinhos, teria derrubado aquela porta. Mas para mim era resistente demais. Estava num beco sem saída. Se os bandidos aparecessem no corredor estava frito. Tive de voltar pelo mesmo caminho, retornando para onde a escuridão, mesas e cadeiras me protegeriam melhor.

Aí aconteceu o pior: acenderam as luzes. Lembram da imagem do homem vestido de preto na geleira? Voltou, agora com a sensação de que alguns ursos-polares me abocanhavam. Joguei-me no chão ao ouvir passos.

— Vocês vão até a porta dos fundos e eu vou para a cozinha — ouvi Bristol dizer.

— Espero que encontremos esse pivete, senão...

— Senão o quê? — replicou Bristol irritado.

— O Boss acabará com a gente.

Ouvi passos indo em direção à cozinha, à esquerda, e passos em direção ao corredor do camarim, à direita. Ninguém me vira estendido no chão, entre as mesas. Tirei os sapatos e corri, sim, corri para o *hall* de entrada. A porta de ferro ondulada estava abaixada. Tentei erguê-la. Fechada.

Eu estava entre duas portas fechadas, uma em cada extremo da Montanha, cercado por alguns dos piores criminosos do país. Mas não pensava só na minha pele, pensava em tio Palha e em Coca, em situação pior do que a minha.

AS FERAS MOSTRAM OS DENTES

Os orangotangos voltaram ao quarto dos fundos com o rabo entre as pernas. O chefe e Bruna os aguardavam numa ânsia só.

— O garoto evaporou — disse o primeiro.

— Acenderam as luzes? — perguntou a irmãzinha de Tony Grand.

— Todas — respondeu o segundo.

Reynold começava a perder o equilíbrio:

— E Bristol?

— Foi procurá-lo na cozinha.

— Já pensaram no que acontecerá se ele fugiu mesmo? — perguntou o Boss, mas estava apressado demais para esperar a resposta. — A polícia logo estará aqui. O garoto já deve ter telefonado.

Os orangotangos não queriam nada com o zoológico:

— O que devemos fazer?

— Pegar a muamba e cair fora.

Os macacões foram até o quarto ao lado e apanharam dois sacos: o tesouro da Montanha de Ali.

Então Bruna fez uma pergunta que provocou tremedeira em tio Palha e na rainha do chá-chá-chá.

— O que faremos com eles?

— Deixem que eu passo fogo — disse um dos orangotangos empunhando sua arma.

— Talvez precisemos de reféns — decidiu Reynold. — Vocês vêm conosco.

Seguiam todos pelo corredor quando alguém comentou a demora de Bristol.

— Pode ser que esteja abrindo a porta para a polícia — disse Reynold. — Foi ele quem atraiu estes dois para cá e depois deixou o moleque fugir. Não costumava dizer que tinha amigos na polícia? — E ordenou: — Vamos embora. Apaguem a luz.

EU, DESCOBERTO

Eu estava junto à porta de entrada quando ouvi passos que vinham do salão. Fiquei atarantado, sem ter para onde ir. Aí bati os olhos num balcão que ocupava toda a extensão do *hall* e tinha uma porta corrediça. Decidi e agi: fiz a porta correr e, abaixando-me, entrei no balcão. De dentro dele não consegui fechar a porta, quando — milagre! — as luzes se apagaram.

Bristol chegou ao *hall* e ergueu a porta de ferro com receio de que a polícia estivesse chegando. A luz de fora, uma ameaça, iluminou parte do *hall* e principalmente o balcão. O bandido, ouvindo os passos da gangue que abandonava o salão, voltou-se e... viu minha cabeça dentro do balcão-armário.

Aí ele riu e deu uma pancada na madeira, como quem diz: saia.

— Te peguei, *espertchinho*.

O resto foram apenas sons. Reynold e sua turma chegaram ao *hall* e viram a porta ondulada aberta.

— Está fugindo, Bristol?

— Eu? Que ideia é essa, Boss? Fugir?

— Deixe ele pra mim — disse um dos orangotangos.

— O que vai faz...

Três tiros. Melhor, estampidos. Só uma palavra grande, polissilábica, faria meus tímpanos vibrarem tanto. Mas mesmo tontão consegui fechar a porta do móvel por dentro, no exato momento em que o corpão de Bristol despencava.

— Será que ia fugir mesmo? — perguntou Bruna.

— Não havia tempo para interrogatórios — respondeu alguém, talvez Reynold.

Fecharam a porta por fora. Esperei algum tempo e depois saí, já sabendo o que faria. Havia uma porta sanfonada logo à entrada, provavelmente a gerência. Me dirigi para lá mas tropecei, quase caindo sobre o corpo mole e grande de Bristol.

— Ai, ai, ai... — gemeu o cadáver.

Cadáveres gemem?

— Você está vivo? — perguntei bestamente, vendo apenas contornos na escuridão.

— Os malditos me pegaram — murmurou.

— Tem um telefone na gerência? — perguntei. — Posso chamar uma ambulância.

— Chame também a polícia. Sei para onde devem ter ido.

Eu sabia de cor o telefone do delegado Maranhão e entrei em contato.

A CASA DO FIM DA RUA

Tio Palha e Coca me contaram como foi amarga aquela viagem. Os orangotangos puseram a muamba no porta-malas e depois um deles sentou-se à direção do Mercedes. Também na frente se acomodaram Reynold e Bruna. Atrás, o detetive, a secretária e o orangotango nº 2, segurando uma arma. Desconforto e terror.

O nº 2 fez logo uma pergunta:

— Não seria melhor nos livrarmos deles agora?

— Nada de precipitações, Valter — respondeu o chefe.

— Que utilidade eles têm, já que saímos do salão?

Reynold ficou pensando mas não se decidiu, olhando a todo instante pela janela com receio de que o carro estivesse sendo seguido.

— É um assunto para votação — disse Bruna.

Eram democráticos. Tio Palha também era, mas não se manifestou para exigir "eleições já", como fizera no passado. O certo é que a viagem parecia não acabar nunca, mostrando aos prisioneiros que de fato um segundo se divide em muitas frações.

Chegaram a uma rua tranquila. O carro estacionou em frente da última casa, um sobradinho isolado e elegante, vizinho a um terreno escuro.

— Vejo que vocês não têm medo de ladrões — disse o detetive. — Eu não moraria aqui.

A piada não fez sucesso.

— Saiam! — ordenou o orangotango chamado Valter.

Meu tio e Coca saíram do carro e, ladeados pela quadrilha, entraram na casa. O orangotango Lourenço levou os sacos com a droga. Os prisioneiros sentaram-se em uma sala muito arrumadinha, típica de uma família de fino trato.

— Estou com fome! — disse o orangotango nº 1.

— A gente come depois — replicou o companheiro de zoológico. — Vamos decidir o que faremos com o casalzinho. Você falou em votação, não, Bruna? Voto para acabarmos com eles neste instante.

— Eu também — votou a mulher.

Todos os olhos se fixaram em Lourenço, o orangotango no 1.

— Votarei em quem o chefe votar — disse ele.

— Puxa-saco! — resmungou Valter.

Dá para imaginar como tio Palha e Coca se sentiam? E o pior era a demora na definição de Reynold.

— Ainda não — respondeu, afinal.

— A votação está empatada — anunciou Lourenço. — Dois a dois.

— Posso desempatar? — perguntou o prisioneiro. — Voto para que não nos matem.

Desta vez a piadinha surtiu efeito: Lourenço, pelo menos, riu, já saindo da sala.

— Vou para a cozinha — disse. — Estou morrendo de fome.

Reynold tirou seu revólver do bolso.

— Eu tomo conta deles. Preciso insistir num ponto. Podem ir comer seus sanduíches. Vá também, Bruna.

Tio Palha e Coca, sentados, ficaram diante do chefão e sua arma.

— Agora que está tudo acabado, diga: a polícia sabe quem eu sou? – perguntou o bandido elegante.

— Sabe seu nome – respondeu o detetive. – Reynold.

— Mas sabem quem é Reynold?

— O verdadeiro nome acho que não.

Reynold sentiu um alívio.

— Era tudo o que queria saber – disse, pondo o dedo no gatilho.

Tio Palha sentiu que Reynold ia disparar o revólver. Apesar da votação empatada, mataria os dois. Deu-se um tapa estalado na testa.

— Espere – lembrou o detetive. – Há algo que pode interessá-lo.

Reynold afrouxou o dedo no gatilho.

— O quê?

— Não estranhou a pressa do seu amigo Valter em acabar com a gente? A mesma pressa com que atirou em Bristol.

Coca, embora desconhecendo o plano de Gê, acrescentou:

— Conte pra ele, conte...

Reynold, que não perdoava traidores, interessou-se:

— Se tem alguma coisa para falar, fale...

O tapa na testa ainda funcionava. Tio Palha inventou uma história.

— Evidente que quis se livrar de Bristol. Sabe por quê? Os dois tinham contato com um agente da polícia que se plantou à porta da Montanha de Ali disfarçado de vendedor de algodão-doce...

— Algodão-doce? – exclamou Reynold. – Valter apareceu mais de uma vez no escritório comendo essa coisa! Algodão-doce!

— Viu só? Queria ter um pé em cada canoa. Se a polícia chegasse não aconteceria nada com ele. – E inventou mais: – Soube que a intenção de Valter e Bristol era continuar com o salão sem os tóxicos.

— Algodão-doce... – repetiu Reynold. – Algodão-doce...

A essa altura Valter voltou à sala comendo um sanduíche.

— Vamos então, chefe. Se quiser eu faço o servicinho.

UMA BREVE PAUSA E O CHOQUE

Reynold olhou para Valter ferozmente.

— O que me diz de comermos antes um pouco de algodão-doce?

O orangotango nº 2 sorriu, não entendendo.

— Algodão-doce?

— Você gosta de algodão-doce, não gosta?

— Bristol gostava mais. Outro dia, perto do salão...

— Vocês compraram algodão-doce de um tira — disse Reynold — e acertaram os ponteiros com a polícia. Chegou a sua vez, Valter — concluiu ele já atirando.

O chefe acertou logo a primeira bala, mas não em cheio. Mesmo ferido, o orangotango nº 2 saltou pela janela da sala com inesperada agilidade.

— Peguem ele! — berrou Reynold à janela, atirando.

Lourenço e Bruna chegaram apressados.

— O que houve? — perguntou o orangotango nº 1.

— Acabe com ele! Acabe com ele! — exigia Reynold.

Lourenço, sem nenhuma pergunta, saltou pela janela e foi ao encalço do companheiro no terreno baldio. Logo se ouviram tiros de um lado e de outro. Atentos, pela janela Reynold e Bruna tentavam enxergar qualquer coisa na escuridão, ele ainda empunhando sua arma.

Vocês gostam de vasos incas? Aqueles que são feitos no Peru e imitados aqui, com figuras extravagantes e belos efeitos visuais? Coca amava-os e apesar da tensa situação apreciou um que estava sobre a mesinha. No meio da confusão a secretária olhou para a bonita peça, pesadona, e tio Palha, homem sensível a qualquer manifestação artística, pegou o vaso com as duas mãos, aproximou-se da janela e pum!, na cabeça do mandão.

Reynold não chegou a ir a nocaute, mas cambaleou, mole, e quando conseguiu voltar à posição normal já estava sem o revólver, que tio Gê lhe arrancara da mão. A seu lado Bruna parecia uma menina de quem roubaram sua boneca de Natal.

— Vamos prendê-la num dos quartos — disse o herói da noite. — O Reynold nos acompanha, assim não vai se atrever a fugir.

Levaram Bruna até o quarto de empregada, cuja janela era bem pequena. Foi com prazer que Coca girou a chave por fora. Voltaram depois os três para a sala, onde esperariam pelo vencedor do duelo que se travava no terreno baldio. Reynold sentou-se no divã sob a mira do próprio revólver, agora nas mãos do detetive, enquanto Coca, usando um cordel que encontrara na casa, amarrava-lhe os punhos e os tornozelos.

— Isso não vai acabar assim — ameaçou Reynold.

— Claro que não — concordou tio Palha. — Você não permanecerá o resto da vida sentado nesse divã. Poderá passear à vontade pelo pátio da penitenciária.

— Deixe o Lourenço acabar com o Valter e você verá...

— Pobre Valter — disse o detetive. — Antes que me esqueça, ele não teve nenhum contato com o vendedor de algodão-doce, que aliás era eu. Foi apenas um de meus fregueses.

Um soco no queixo de Reynold e outro em sua vaidade.

— Então inventou aquilo?

— Inventei, ajudado pelas circunstâncias. Quanto a Bristol, já que estamos em fase de confissões, não me consta que tenha telefonado para a polícia delatando vocês.

O duplo impacto fez Reynold perder a cabeça. Mesmo amarrado tentou saltar sobre o detetive, mas desequilibrou-se e tornou a cair sobre o divã. Só Lourenço poderia agora limpar a sua honra.

Aí alguém entrou na sala com passos pesados. Supúnhamos que fosse Lourenço, pois o tiroteio lá fora já cessara, mas todos se enganaram. Na frente deles, com o braço sangrando e segurando uma arma, trêmulo, estava Valter.

— O tiro saiu pela culatra — disse furiosamente a Reynold. — Acabei com o Lourenço. Agora vamos acertar nossas contas.

— Fui ludibriado por esse detetive! — berrou Reynold. — Enganou a todos nós. Atire nele! Atire!

Tio Palha nunca atirara em ninguém e hesitou um pouco. Valter, vendo Reynold amarrado, voltou-se, dando novo rumo ao seu ódio. Ouviu-se então um potente disparo. Em seguida, o orangotango começou a desabar. O detetive não entendeu. Nem Coca, nem Reynold. Quem disparara?

— Chegamos na hora, não? — disse o delegado Maranhão, que atirara da janela.

Pela porta deixada aberta por Valter, entramos eu e dois policiais.

— Puxa! – exclamou tio Palha. – Que sorte! Mesmo se eu atirasse, podia levar uma bala também.

Coca informou:

— No quarto de empregada está a fera, Bruna Grand, a dona desta casa. Os dois sacos com a droga estão por aí, em algum lugar.

Enquanto abaixava-se para pegar a arma de Valter, o delegado disse:

— Encontramos aí fora um cara morto.

Eu, tio Palha e Coca nos unimos num só abraço. Salvos e vitoriosos! Que alegria!

— Como descobriram este endereço? – meu tio quis saber.

— Bristol me deu antes de morrer. Daí liguei para o delegado, que foi me buscar na Montanha de Ali.

— Você ainda estava lá dentro? – quis saber o detetive. – Não tinha escapado?

— Me escondi dentro daquele balcão na entrada. Bristol tinha me encontrado quando levou os tiros. Para mim foi a salvação.

Nossa atenção concentrou-se em Reynold.

— Então esse é o chefe? – perguntou Maranhão.

— O Boss, o chefão – confirmou o detetive.

— Mas não conheço nenhum traficante chamado Reynold S. Milles.

Minha vez de atrair atenções:

— Não conhece porque não existe nenhum Reynold S. Milles. Esse era apenas um viciado que foi morto dentro de um carro e jogado dentro do rio.

— Então, como se chama esse? – quis saber o delegado.

— Senhoras e senhores, a Montanha de Ali apresenta o ressuscitado TONY GRAND.

Olhos nele. Tony Grand?

— Não parece muito com Tony – conferiu o delegado.

— Fez uma operação plástica – informei. – Mesmo assim, por segurança preferiu viver recolhido naquele quarto na danceteria e aqui, na casa da irmã, para onde traziam a muamba.

Maranhão quase encostou seu rosto no de Tony.

— Você é mesmo Tony Grand?
— Sou — confirmou o bandido. — Mas já estava me esquecendo disso.
Então o delegado, me olhando cheio de admiração, perguntou:
— Como soube disso, rapaz?
Fazendo tipo, respondi:
— Para quem é sobrinho do melhor detetive particular do país foi fácil descobrir tudo.

Tony Grand, Bruna e Valter, este muito ferido, foram levados para os carros policiais, já cercados de curiosos. Precisavam ver a cara que a fera Bruna fez para mim.

Tio Palha me puxou pelo braço. Nunca o vira tão curioso.
— Agora, diga pra mim: como descobriu que Reynold era Tony Grand?
— Bem, quando me escondi dentro do balcão do *hall* na Montanha de Ali toquei num grande pacote de amendoim. Foi assim.
— Assim, como?
— Zoé foi o único que me deu uma informação pessoal sobre Tony. Gostava de amendoim.
— Bastou isso para concluir que um e outro...
— Foi só uma pista. — Enquanto esperava a polícia na Montanha, perguntei a Bristol, já quase morto: — Reynold é Tony Grand, não é?

Bristol não tinha motivo para esconder mais nada.
— Está vivo... fez uma operação plástica. Como descobriu isso?
— Lembrei do que Zoé disse sobre os amendoins e matei a charada.

Bristol, agonizando, murmurou:
— Brincadeira do Zoé. O pacote de amendoim era meu. Tony até implicava quando eu comia isso. Não suportava amendoim. Entendeu, *espertchinho*?

EU, REPÓRTER

Naquela noite fui com tio Palha e Coca diretamente para a Gazeta da Tarde, e lá mesmo redigi a reportagem, ou melhor, meu trabalho, só que... impresso, sacaram? À medida que terminava uma página, ela era levada para a revisão e descia para as oficinas. Pus tudo no papel: as tentativas de sequestro, a mudança para a escolinha de tricô e crochê, minha prisão ao som do infernal tchimbá-tchimbá, a descoberta da Montanha de Ali, o episódio do vendedor de algodão-doce, Paola com "o", Luz del Sol, Matias Mateus, o cerco que sofri no salão e a sequência em que tio Palha e Coca Gimenez foram levados para a casa do fim da rua, onde seriam mortos. Apenas omiti o fato de que Tony Grand na realidade não gostava de amendoim, e que eu concluíra que ele era Reynold por puro equívoco... Faltava o título. Pus este: VENDEDOR DE ALGODÃO-DOCE DESMASCARA QUADRILHA DE TONY GRAND, homenagem ao detetive Geraldo Palha, aquele que pegou um leão na marra e enfiou dentro de um táxi.

A NOTA 10

Na segunda-feira reiniciaram-se as aulas. Júlio, Laura, Edgar, Anabel e os outros entregaram os trabalhos. Discreto, distribuí um exemplar da *Gazeta da Tarde* para cada aluno da classe e um para o professor Rubens. Mas a essa altura ninguém ignorava minha participação no caso, pois a imprensa toda noticiara e eu dera entrevista para muitas emissoras de TV e rádio.

— Você não apenas merece dez, como também os aplausos da classe – disse o professor. – Levou a sério até demais o trabalho. Acho que esse fato ficará para sempre na história da faculdade. Meus parabéns, Edu!

Não pensem que fiquei exultante, dono do mundo. Encarei tudo com naturalidade, como se não tivesse feito nada de notável. A modéstia pode ser também uma estratégia.

Na saída Anabel veio mansinha. Não tinha pedras nas mãos. Queria pedir desculpa:

— Acho que fui muito grossa com você no telefone. Se quiser, podemos comer um sanduíche, e depois ir a um cinema.

— Lamento, mas estou com mil compromissos. Procure garantir seu lugar na fila, tá?

Meus pais e meu irmão leram a reportagem, mas não acreditaram que tudo aquilo acontecera. E mesmo quando tio Palha confirmou, duvidaram. Acham que inventei. E talvez tivesse inventado um pouco. Sabem como são os jornalistas...

O REPÓRTER FAZ UM BREVE NOTICIÁRIO

Bristol e Lourenço, como foi dito, morreram. Valter, recuperado, foi para trás das grades depois de confessar sua participação no assassinato de Zoé e Mossoró. Bruna, aquela gracinha, mora atualmente num belo e majestoso edifício: o presídio das mulheres. Não terá mais um dia de liberdade no século XX. A sentença de Tony Grand foi de duzentos e onze anos, que mesmo reduzidos a trinta, como manda a lei, farão dele um ancião, se sair da penitenciária. Quanto aos falsos proprietários da Montanha, o casal de velhinhos, apenas prestaram depoimentos.

Madame Geni, graças aos anúncios de tio Palha, prosperou. Quis até fazer do detetive seu sócio, no que ele chegou a pensar. Quanto a ela, perdoem-me por tê-la apresentado de maneira suspeita naquela cena na escolinha. Foi só para aumentar o suspense...

Tio Palha voltou ao antigo escritório da Agência Leão de Detetives, recolocou o pôster do leão na parede, e anda com ótima clientela. Apenas guarda uma certa mágoa do delegado Maranhão, que mesmo tendo custado tanto a se mexer, colocou-o em segundo plano nas entrevistas.

Coca Gimenez ficou tão valorizada com o sucesso alcançado na Montanha de Ali, que quase disse *adiós* à agência para voltar aos palcos e microfones. Acabou, porém, preferindo continuar com seu querido Gê. Aposto que um dia se casam. Não, melhor não apostar. Os grandes detetives como Sherlock Holmes, Hercule Poirot, Philip Marlowe nunca se casaram, e tio Palha costuma apegar-se fielmente às tradições.

Quanto a mim, Edu, continuo estudando Comunicações, mas nem sempre me saio tão bem como no caso de Tony Grand. Anabel virou

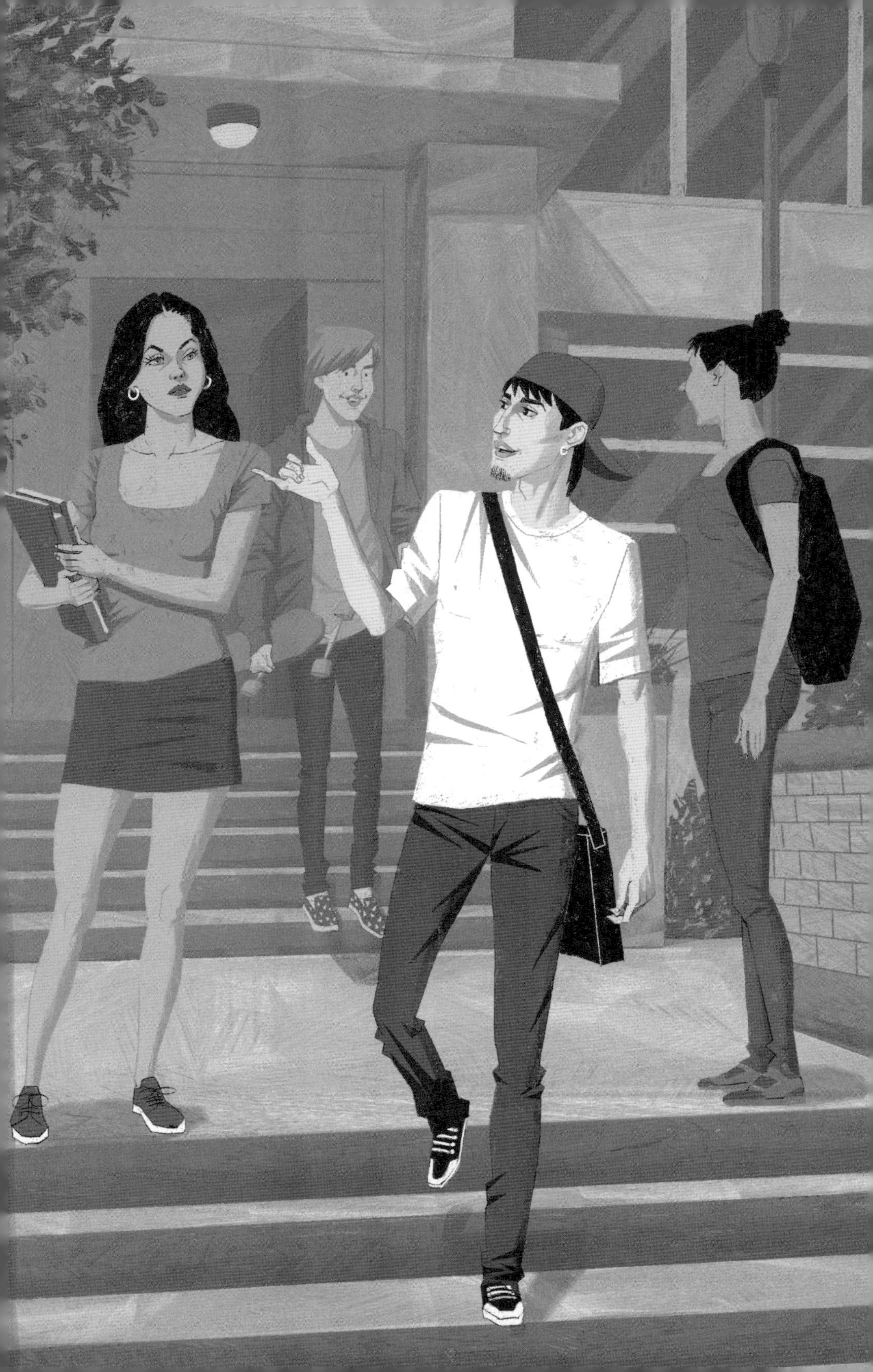

amiga, mas só. Às vezes, confesso, quando a vida cai na mesmice e não pintam novas emoções, sinto saudade daqueles dias, daqueles medos. Isso acontece também com tio Palha e Coca Gimenez. Então, sabem o que fazemos? Saímos à procura de um carrinho, e rindo como bobos ficamos comendo intermináveis montanhas de algodão-doce.

FIM?

BIOGRAFIA

Marcos Rey, pseudônimo de Edmundo Donato, nasceu em São Paulo, 1925, cidade que sempre foi o cenário de seus contos e romances. Estreou em 1953 com a novela *Um gato no triângulo*. Marcos Rey faleceu em abril de 1999. Suas cinzas, transportadas em um helicóptero, foram espalhadas sobre São Paulo, cidade que consagrou em suas obras. *O mistério do 5 estrelas*, *O rapto do Garoto de Ouro* e *Dinheiro do céu*, entre outros, além de toda a produção voltada ao público adulto, passaram a ser reeditados pela Global Editora.

LIVROS DE MARCOS REY PELA GLOBAL EDITORA

INFANTOJUVENIS

12 horas de terror

A arca dos marechais

A sensação de setembro – Opereta tropical

Bem-vindos ao Rio

Corrida infernal

Diário de Raquel

Dinheiro do céu

Enigma na televisão

Marcos Rey crônicas para jovens

Não era uma vez

Na rota do perigo

O coração roubado

O diabo no porta-malas

O homem que veio para resolver

O menino que adivinhava*

O mistério do 5 estrelas

O rapto do Garoto de Ouro

O último mamífero do Martinelli

Os crimes do Olho de Boi

Sozinha no mundo

Um cadáver ouve rádio

Um gato no triângulo

Um rosto no computador

*Prelo

ADULTOS

A última corrida

Café na cama

Entre sem bater

Esta noite ou nunca

Malditos paulistas

Mano Juan

Melhores contos Marcos Rey

Melhores crônicas Marcos Rey

Memórias de um gigolô

O cão da meia-noite

O caso do filho do encadernador

O enterro da cafetina

O pêndulo da noite

Ópera de sabão

Os cavaleiros da praga divina

Os homens do futuro

Soy loco por ti, América!